Impressum
Verlag: BABADADA GmbH, Nedderfeld 112 , 22529 Hamburg
Geschäftsführer / Verlagsleitung: Harald Hof
Druck: Books on Demand GmbH, In de Tarpen 42, 22848 Norderstedt

Imprint
Publisher: BABADADA GmbH, Nedderfeld 112 , 22529 Hamburg, Germany
Managing Director / Publishing direction: Harald Hof
Print: Books on Demand GmbH, In de Tarpen 42, 22848 Norderstedt

בית ספר

okul

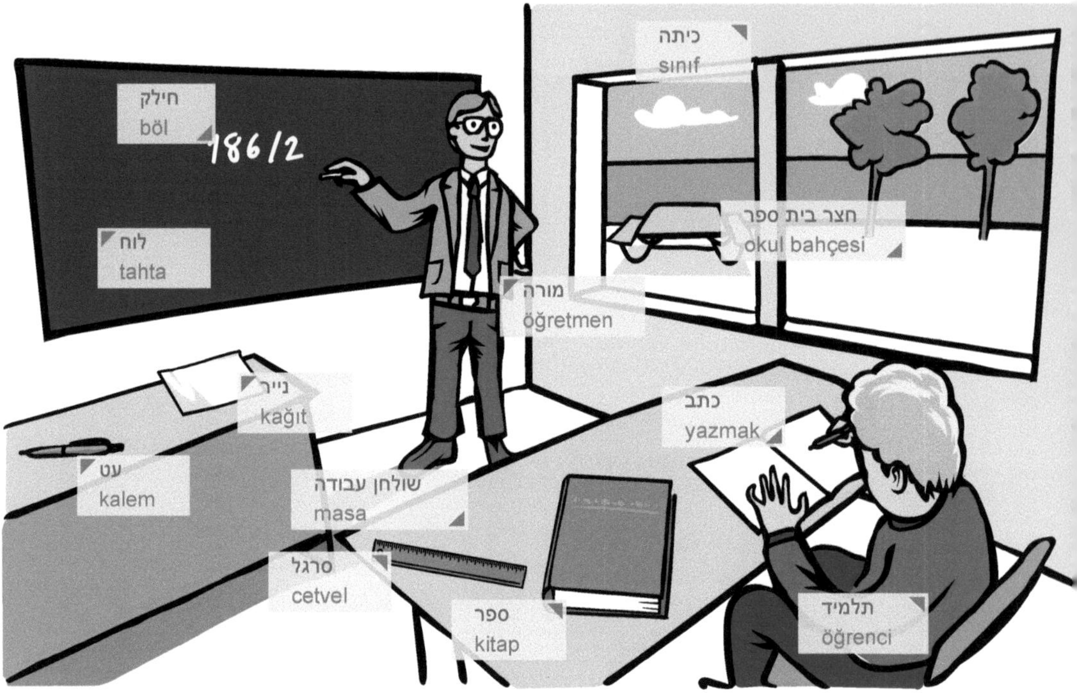
כיתה
sınıf
חילק
böl
186/2
חצר בית ספר
okul bahçesi
לוח
tahta
מורה
öğretmen
נייר
kağıt
כתב
yazmak
עט
kalem
שולחן עבודה
masa
סרגל
cetvel
ספר
kitap
תלמיד
öğrenci

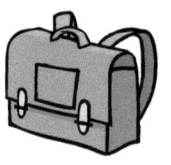

ילקוט

okul çantası

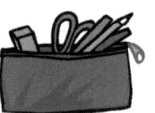

קלמר

kalemlik

עיפרון

kurşun kalem

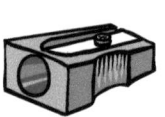

מחדד

kalem açacağı

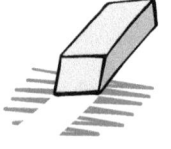

גומי מחיקה

silgi

חוברת סרטוט

çizim defteri

סרטוט

çizim

מברשת

resim fırçası

קופסת צבעים

boya kutusu

מספריים

makas

דבק

tutkal

ספר תרגול

alıştırma kitabı

שיעור בית

ödev

מספר

sayı

חיבר

ekle

חיסר

çıkar

הכפיל

çarp

חישב

hesapla

אות

harf

אלפבית

alfabe

מילה

kelime

טקסט
metin

קרא
okumak

גיר
tebeşir

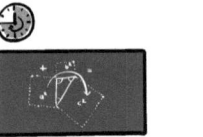

שיעור
ders

יומן נוכחות
kayıt

מבחן
sınav

תעודה
sertifika

תלבושת בית ספר
okul forması

חינוך
eğitim

אנציקלופדיה
ansiklopedi

אוניברסיטה
üniversite

מיקרוסקופ
mikroskop

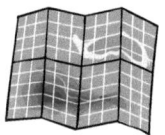

מפה
harita

סל נייר
kağıt çöp kutusu

נסיעה

seyahat

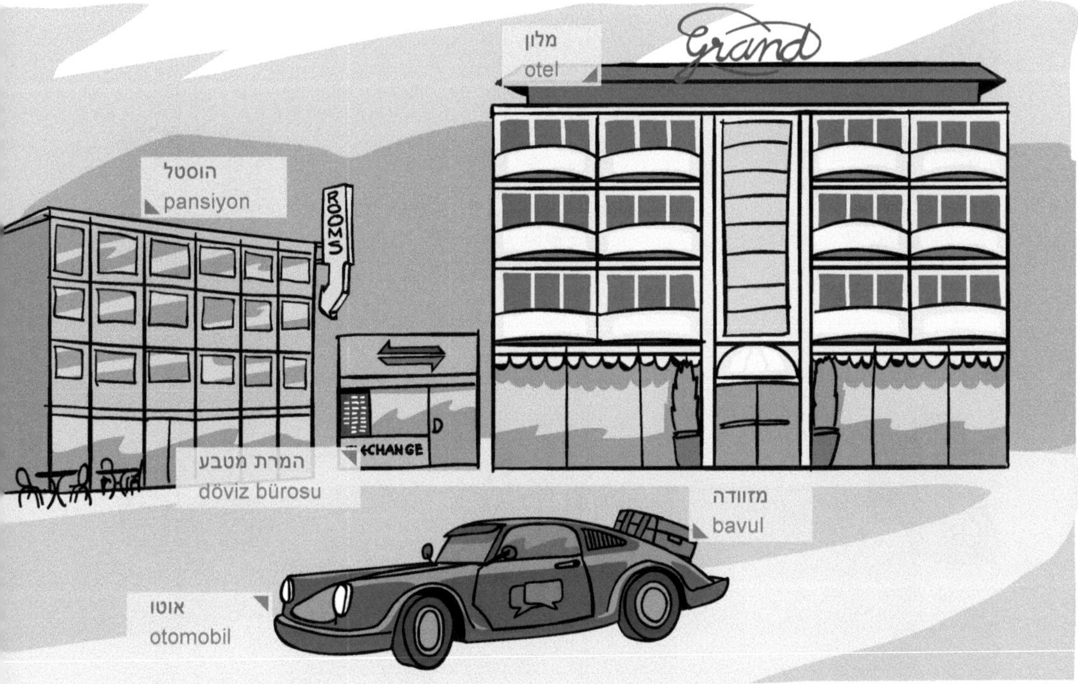
מלון
otel
Grand
הוסטל
pansiyon
ROOMS
המרת מטבע
döviz bürosu
EXCHANGE
מזוודה
bavul
אוטו
otomobil

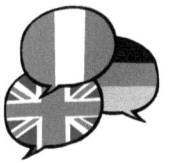

שפה

dil

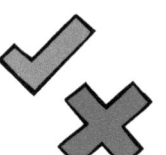

כן / לא

evet / hayır

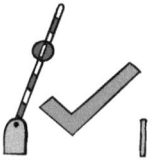

בסדר

Tamam

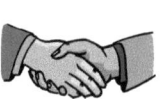

שלום

merhaba

מתרגם

çevirmen

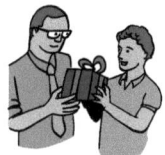

תודה

Teşekkür ederim

כמה עולה.....?

bu ... ne kadar?

אני לא מבין

anlamadım

בעיה

problem

ערב טוב!

İyi akşamlar!

בוקר טוב!

Günaydın!

לילה טוב!

İyi geceler!

להתראות

güle güle

כיוון

yön

כבודה

bagaj

תיק

çanta

תרמיל גב

sırt çantası

אורח

misafir

חדר

oda

שק שינה

uyku tulumu

אוהל

çadır

מרכז מידע לתיירים

turist danışma

חוף ים

sahil

כרטיס אשראי

kredi kartı

ארוחת בוקר

kahvaltı

ארוחת צהריים

öğle yemeği

ארוחת ערב

akşam yemeği

כרטיס

Bilet

מעלית

asansör

בול

pul

גבול

sınır

מכס

gümrük

שגרירות

elçilik

אשרה

vize

דרכון

pasaport

תחבורה

ulaşım

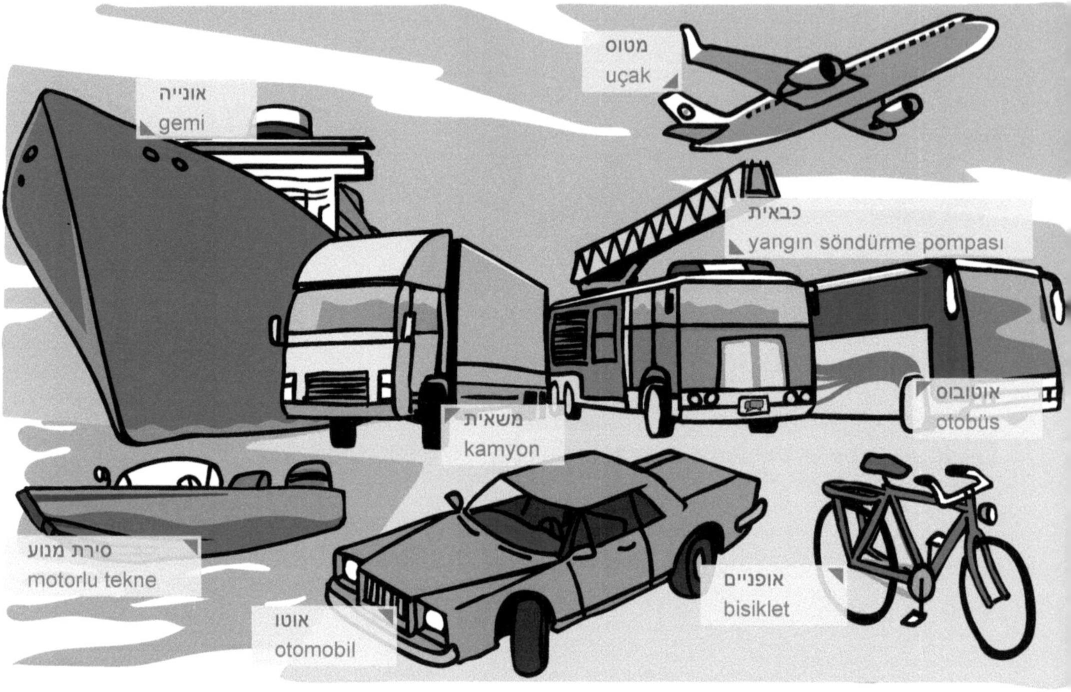
מטוס
uçak
אונייה
gemi
כבאית
yangın söndürme pompası
אוטובוס
otobüs
משאית
kamyon
סירת מנוע
motorlu tekne
אופניים
bisiklet
אוטו
otomobil

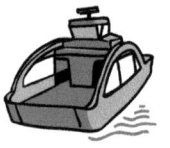

מעברות

feribot

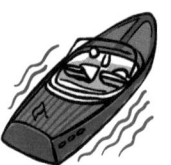

סירה

bot

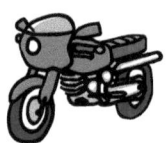

אופנוע

motosiklet

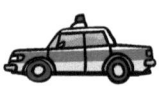

ניידת משטרה

polis arabası

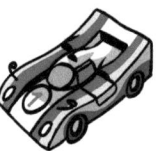

מכונית מרוץ

yarış arabası

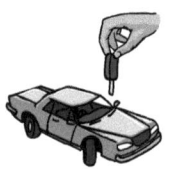

רכב שכור

kiralık araba

מכוניות בשיתוף
ortak araba

אוטו גרר
çekici

משאית זבל
çöp kamyonu

מנוע
motor

דלק
yakıt

תחנת דלק
benzinlik

תמרור
trafik işareti

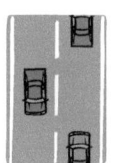

תנועה
trafik

פקק תנועה
trafik sıkışıklığı

חניה
otopark

תחנת רכבת
tren istasyonu

פסי רכבת
ray

רכבת
tren

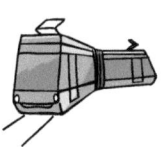

רכבת קלה
tramvay

קרון
vagon

מסוק

helikopter

שדה-תעופה

havaalanı

מגדל

kule

נוסע

yolcu

קונטיינר

konteyner

קרטון

koli

עגלה

yük arabası

סל

sepet

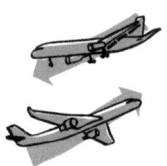

המראה / נחיתה

kalkış / iniş

עיר

şehir

כפר

köy

מרכז העיר

şehir merkezi

בית

ev

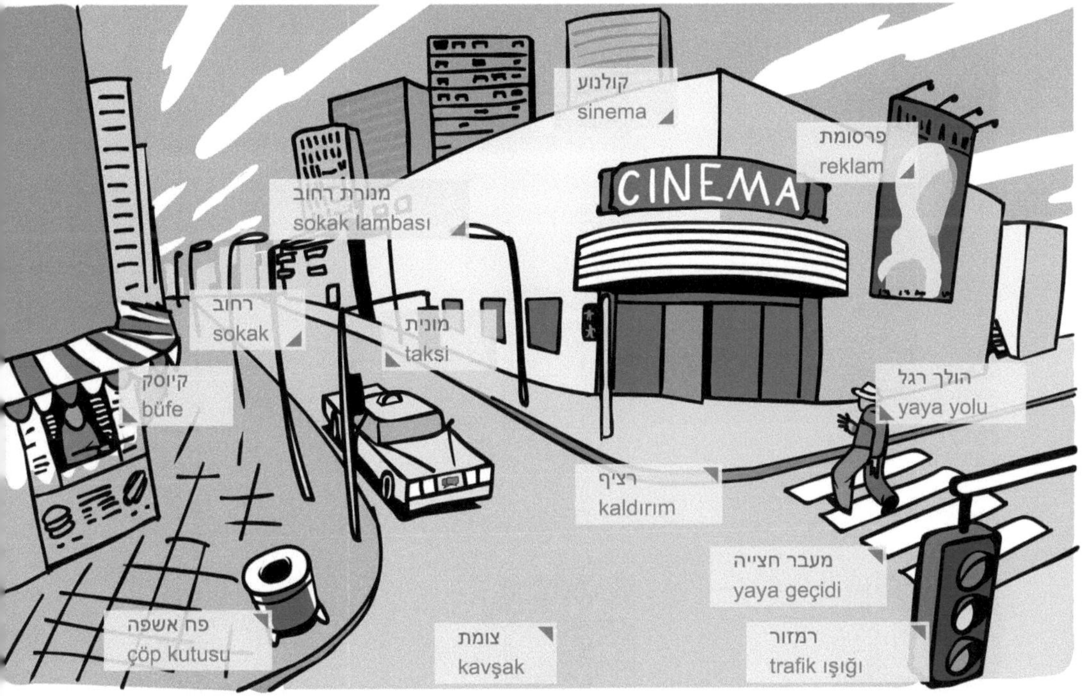

City scene

קולנוע / sinema

פרסומת / reklam

מנורת רחוב / sokak lambası

רחוב / sokak

מונית / taksi

קיוסק / büfe

הולך רגל / yaya yolu

רציף / kaldırım

מעבר חצייה / yaya geçidi

פח אשפה / çöp kutusu

צומת / kavşak

רמזור / trafik ışığı

בקתה
kulübe

דירה
apartman dairesi

תחנת רכבת
tren istasyonu

עירייה
belediye binası

מוזיאון
müze

בית ספר
okul

אוניברסיטה

üniversite

בנק

banka

בית חולים

hastane

מלון

otel

בית מרקחת

eczane

משרד

ofis

חנות ספרים

kitapçı

חנות

mağaza

חנות פרחים

çiçekçi

סופרמרקט

süpermarket

שוק

market

כל-בו

büyük mağaza

מוכר דגים

balık satıcısı

קניון

alışveriş merkezi

נמל

liman

פארק

park

ספסל

bank

גשר

köprü

מדרגות

merdiven

רכבת תחתית

metro

מנהרה

tünel

תחנת אוטובוס

otobüs durağı

בר

bar

מסעדה

restoran

תא דואר

posta kutusu

שלט רחוב

sokak tabelası

מדחן

otopark sayacı

גן חיות

hayvanat bahçesi

בריכת שחיה

yüzme havuzu

מסגד

cami

חווה

çiftlik

זיהום

kirlilik

בית עלמין

mezarlık

כנסייה

kilise

מגרש משחקים

oyun alanı

בית מקדש

tapınak

נוף

arazi

עלה
yaprak

תמרור
yön tabelası

דרך
yol

מרעה
çayır

אבן
taş

עץ
ağaç

מטייל
yürüyüşçü

נהר
ırmak

דשא
çimen

פרח
çiçek

בקעה
vadi

הר
tepe

אגם
göl

יער
orman

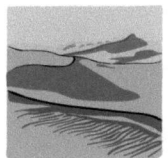

מדבר
çöl

הר געש
volkan

טירה
kale

קשת בענן
gökkuşağı

פטריה
mantar

דקל
palmiye

יתוש
sivrisinek

זבוב
sinek

נמלה
karınca

דבורה
arı

עכביש
örümcek

חיפושית

böcek

צפרדע

kurbağa

סנאי

sincap

קיפוד

kirpi

ארנב

yabani tavşan

ינשוף

baykuş

ציפור

kuş

ברבור

kuğu

חזיר בר

yaban domuzu

צבי

geyik

אייל הקורא

geyik

סכר

baraj

טורבינת רוח

rüzgar türbini

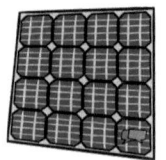

פנל סולארי

güneş paneli

אקלים

iklim

מסעדה
restoran

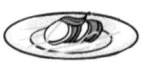

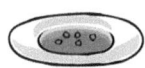

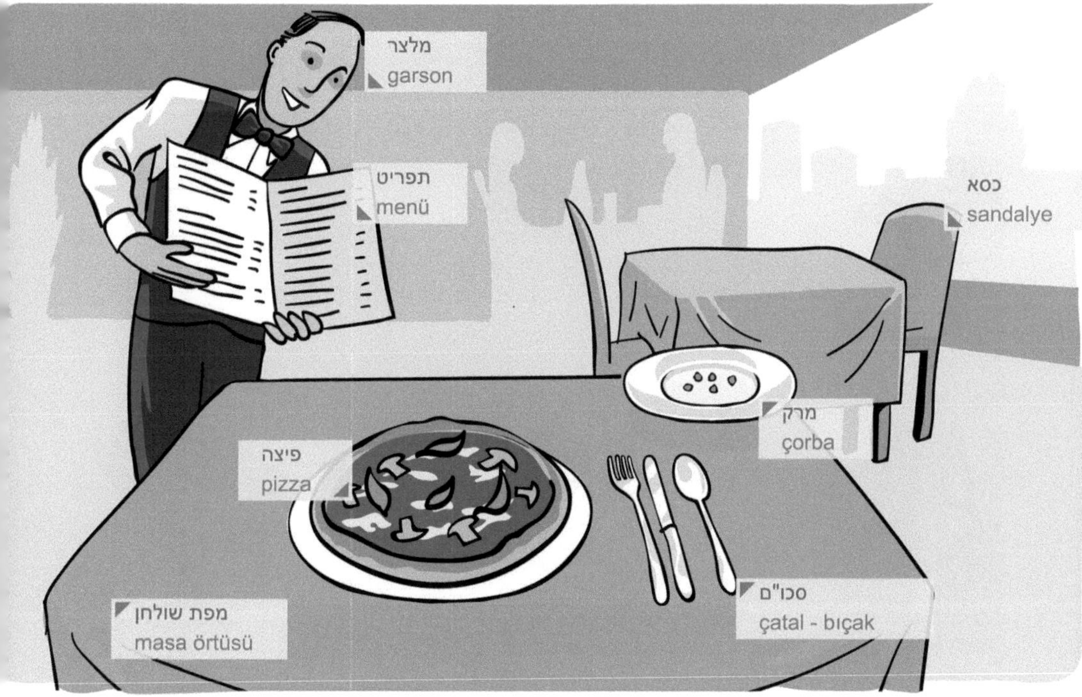
מלצר
garson
תפריט
menü
כסא
sandalye
מרק
çorba
פיצה
pizza
סכו"ם
çatal - bıçak
מפת שולחן
masa örtüsü

מנת פתיחה

başlangıç

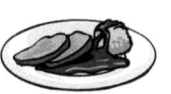

מנה עיקרית

ana yemek

קינוח

tatlı

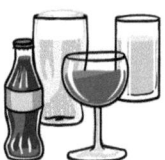

שתיות

içecekler

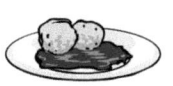

אוכל

yemek

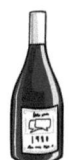

בקבוק

şişe

מזון מהיר

fastfood

אוכל רחוב

sokak yemeği

קנקן תה

çaydanlık

מסכרת

şekerlik

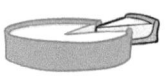

מנה

porsiyon

מכונת אספרסו

espresso makinesi

כסא תינוק

mama sandalyesi

חשבון

fatura

מגש

tepsi

סכין

bıçak

מזלג

çatal

כף

kaşık

כפית

çay kaşığı

מפית

servis peçetesi

כוס

bardak

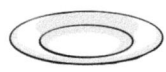

צלחת

tabak

קערת מרק

çorba kasesi

תחתית

fincan altlığı

רוטב

sos

מלחייה

tuzluk

מטחנת פלפל

karabiber değirmeni

חומץ

sirke

שמן

yağ

תבלינים

baharat

קטשופ

ketçap

חרדל

hardal

מיונז

mayonez

סופרמרקט
süpermarket

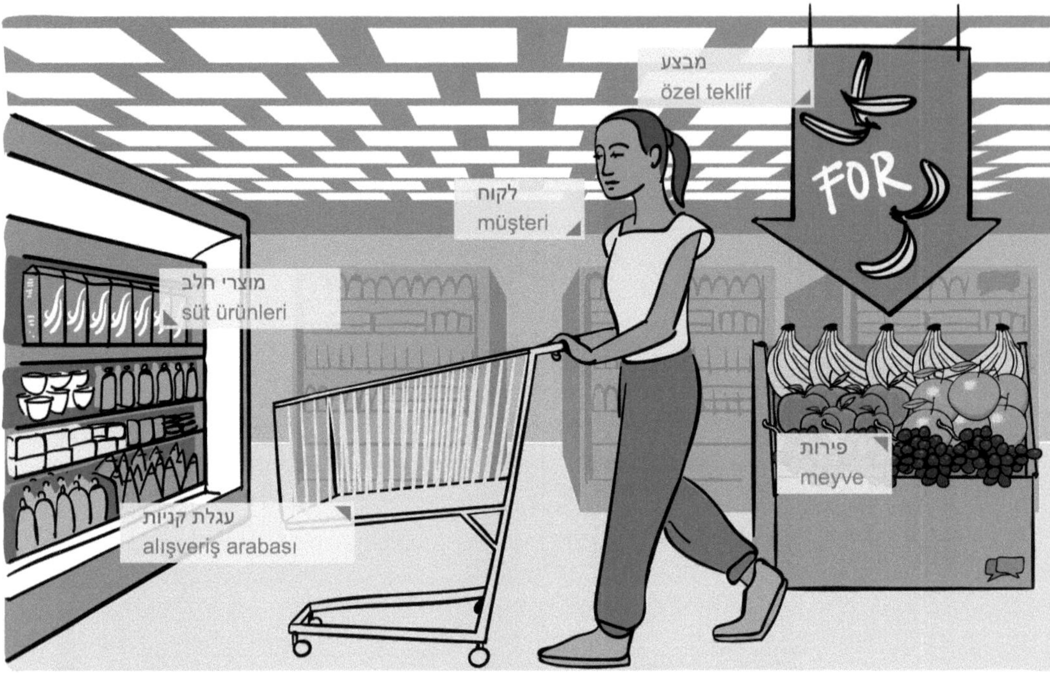

מבצע
özel teklif
FOR
לקוח
müşteri
מוצרי חלב
süt ürünleri
פירות
meyve
עגלת קניות
alışveriş arabası

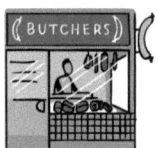

BUTCHERS

אטליז
kasap

BAKERY

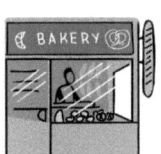

מאפייה
fırın

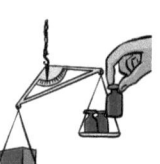

שקל
tartmak

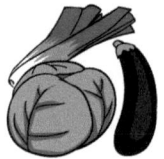

ירקות
sebze

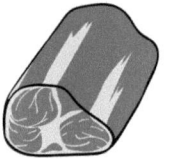

בשר
et

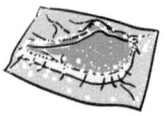

מזון קפוא
donmuş gıda

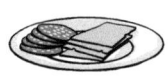

בשר קר

söğüş et

שימורים

konserve yiyecek

אבקת כביסה

toz deterjan

ממתקים

şekerlemeler

מוצרי בית

ev temizlik ürünleri

חומר ניקוי

temizlik ürünleri

מוכרת

satış görevlisi

קופה

yazar kasa

קופאי

kasiyer

רשימת קניות

alışveriş listesi

שעות פתיחה

açılış saatleri

ארנק

cüzdan

כרטיס אשראי

kredi kartı

תיק

çanta

שקית ניילון

plastik poşet

מים

su

מיץ

meyve suyu

חלב

süt

קולה

kola

יין

şarap

בירה

bira

אלכוהול

alkol

קקאו

kakao

תה

çay

קפה

kahve

אספרסו

espresso

קפוצ'ינו

kapuçino

בננה

muz

תפוח

elma

תפוז

portakal

אבטיח

kavun

לימון

limon

גזר

havuç

שום

sarımsak

במבוק

bambu

בצל

soğan

פטריות

mantar

אגוזים

çerez

אטריות

makarna

ספגטי

spagetti

אורז

pirinç

סלט

salata

צ'יפס

cips

צ'יפס

patates kızartması

פיצה

pizza

המבורגר

hamburger

כריך

sandviç

שניצל

şinitzel

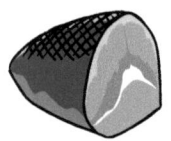

שינקין

pastırma

סלאמי

salam

נקניקיה

sosis

עוף

tavuk

טיגון

rosto

דג

balık

שיבולת שועל

yulaf ezmesi

מוזלי

müsli

קורנפלקס

mısır gevreği

קמח

un

קרואסון

kruvasan

לחמנייה

küçük ekmek

לחם

ekmek

טוסט

tost

עוגיות

bisküvi

חמאה

tereyağı

גבינה לבנה

kaymak

עוגה

kek

ביצה

yumurta

ביצת עין

sahanda yumurta

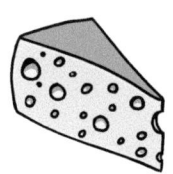

גבינה

peynir

גלידה
dondurma

סוכר
şeker

דבש
bal

ריבה
reçel

ממרח נוגט
fındık ezmesi

קארי
köri

חווה
çiftlik

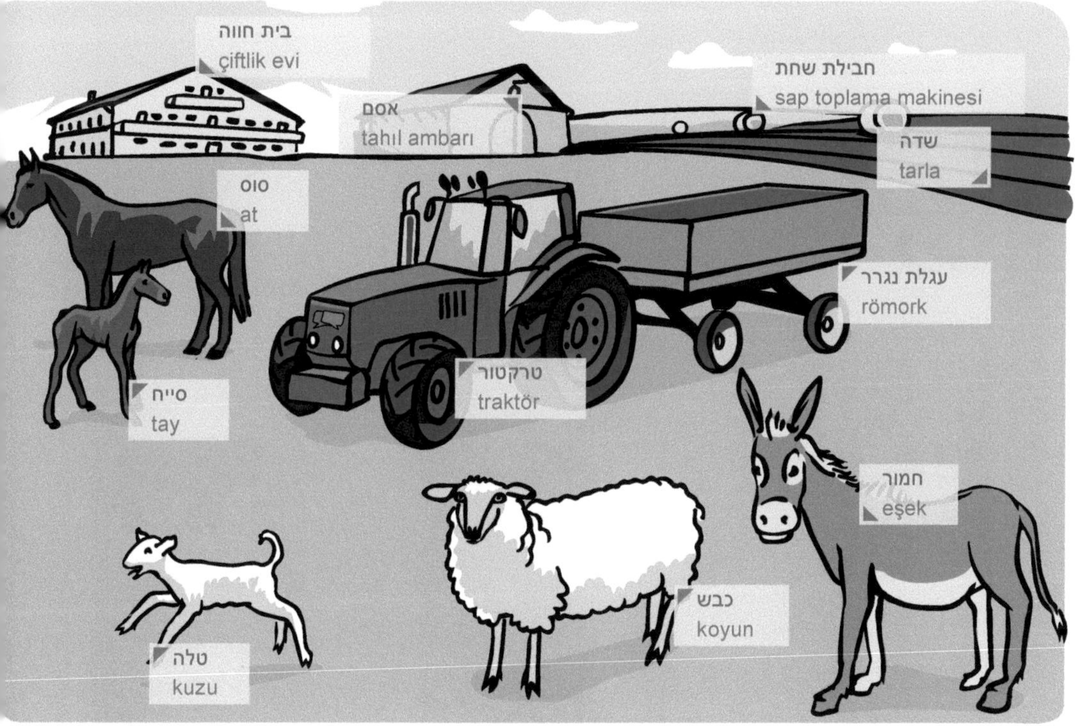

בית חווה
çiftlik evi
אסם
tahıl ambarı
חבילת שחת
sap toplama makinesi
שדה
tarla
סוס
at
עגלת נגרר
römork
טרקטור
traktör
סייח
tay
חמור
eşek
כבש
koyun
טלה
kuzu

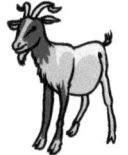

עז
keçi

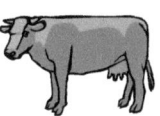

פרה
inek

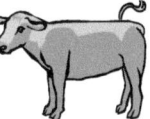

עגל
buzağı

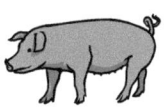

חזיר
domuz

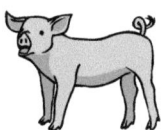

חזרזיר
domuz yavrusu

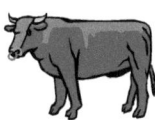

שור
boğa

אווז

kaz

ברווז

ördek

אפרוח

civciv

תרנגולת

tavuk

תרנגול

horoz

חולדה

sıçan

חתול

kedi

עכבר

fare

שור

öküz

כלב

köpek

מלונה

köpek kulübesi

צינור השקיה

bahçe hortumu

קנקן מים

sulama kabı

חרמש

tırpan

מחרשה

pulluk

מגל
orak

מגרפה
çapa

קלשון
dirgen

גרזן
balta

מריצה
el arabası

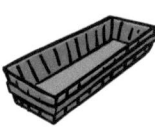

שוקת
yemlik

כד חלב
süt kovası

שק
çuval

גדר
çit

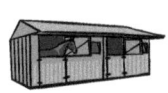

אורווה
ahır

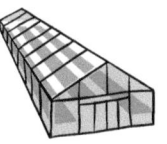

חממה
sera

אדמה
toprak

זרע
tohum

דשן
gübre

מקצרה
biçerdöver

קצר

hasat etmek

קציר

harman

בטטה אפריקנית

tatlı patates

חיטה

buğday

סויה

soya

תפוח אדמה

patates

תירס

mısır

קנולה

kolza

עץ פירות

meyve ağacı

קסבה

manyok

דגנים

hububat

אר ובה
baca

גג
çatı

מרזב
yağmur oluğu

חלון
pencere

מוסך
garaj

פעמון
kapı zili

דלת
kapı

פח אשפה
çöp kutusu

תיבת מכתבים
posta kutusu

גינה
bahçe

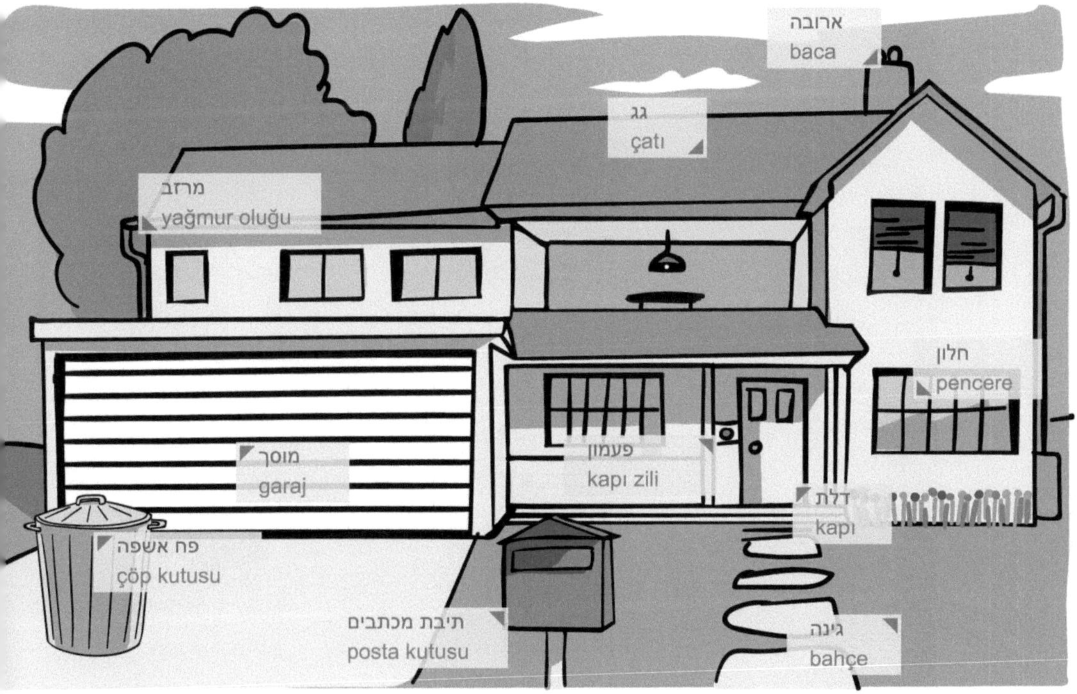

סלון
oturma odası

חדר אמבטיה
banyo

מטבח
mutfak

חדר שינה
yatak odası

חדר ילדים
çocuk odası

חדר אוכל
yemek odası

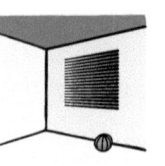		
רצפה	קיר	תקרה
zemin	duvar	tavan

מרתף	סאונה	מרפסת
kiler	sauna	balkon
מרפסת	בריכה	מכסחת דשא
teras	havuz	çim biçme makinesi
		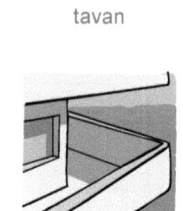
סדין	כיסוי מיטה	מיטה
çarşaf	yatak örtüsü	yatak
מטאטא	דלי	מפסק
süpürge	kova	anahtar

סלון

oturma odası

טפט
duvar kağıdı
תמונה
resim
מנורה
lamba
מדף
raf
ארון
dolap
טלוויזיה
televizyon
אח
şömine
פרח
çiçek
כרית
minder
ספה
kanepe
אגרטל
vazo
שלט רחוק
uzaktan kumanda

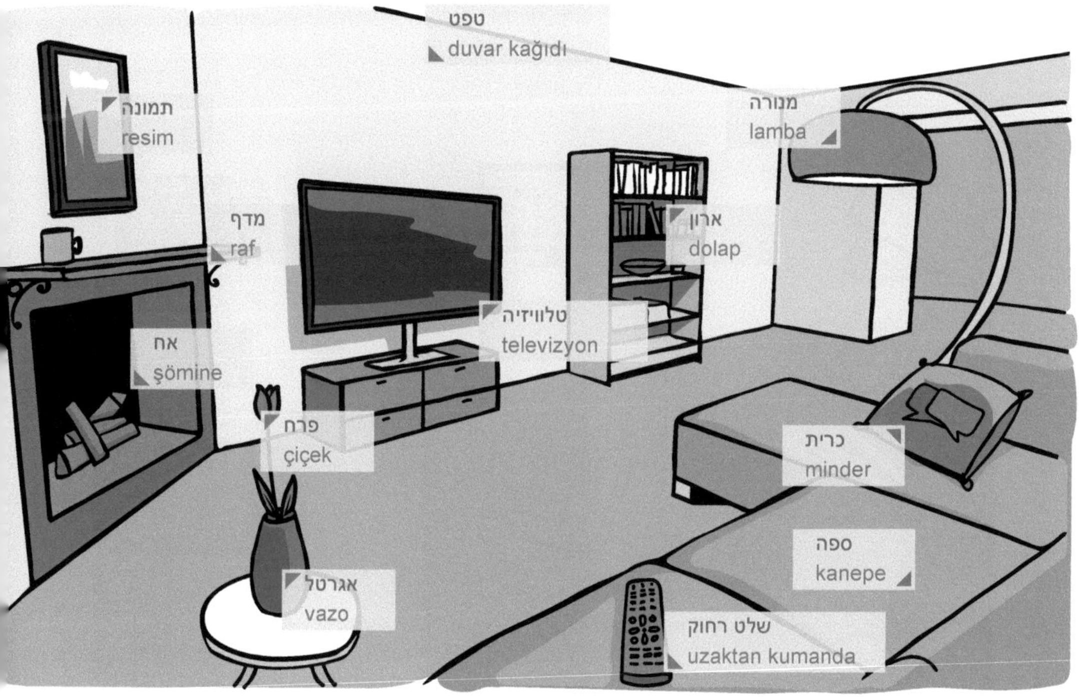

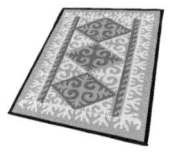

שטיח

halı

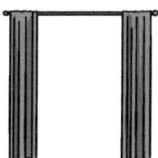

וילון

perde

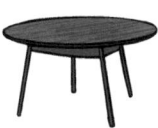

שולחן

masa

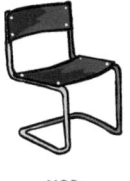

כסא

sandalye

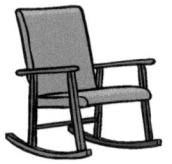

כיסא נדנדה

salıncaklı koltuk

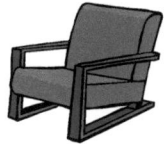

כורסה

koltuk

ספר

kitap

שמיכה

battaniye

דקורציה

dekor

עצי הסקה

odun

סרט

film

מערכת סטריאו

hi-fi

מפתח

anahtar

עיתון

gazete

ציור

tablo

פוסטר

poster

רדיו

radyo

מחברת

defter

שואב אבק

elektrikli süpürge

קקטוס

kaktüs

נר

mum

מטבח
mutfak

מקרר
buzdolabı
מיקרוגל
mikrodalga fırın
מאזני מטבח
mutfak tartısı
טוסטר
tost makinesi
חומר ניקוי
deterjan
תנור
fırın
מקפיא
buzluk
פח אשפה
çöp kutusu
מדיח כלים
bulaşık makinesi

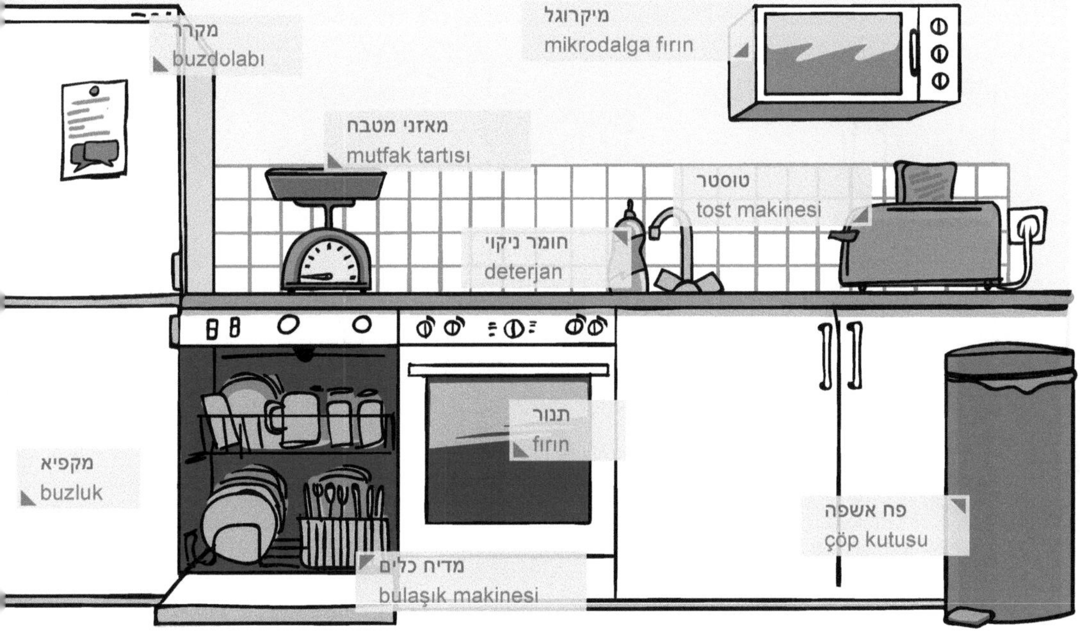

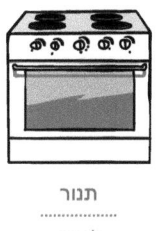

תנור

ocak

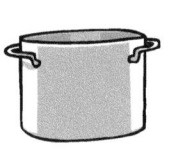

סיר

tencere

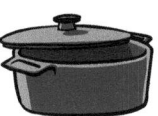

סיר ברזל

döküm tencere

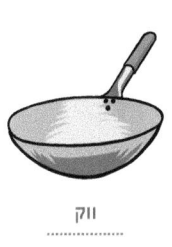

ווק

wok

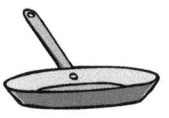

מחבת

tava

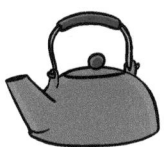

קומקום חשמלי

su ısıtıcı

מאדה

buharlı pişirici

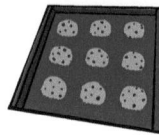

מגש אפייה

pişirme tepsisi

כלי אוכל

tabak takımı

ספל

kupa

קערה

kase

צ'ופסטיקס

çubuk (çin yemeği)

מצקת

kepçe

מרית

spatula

מטרפה

çırpma teli

מסננת בישול

süzgeç

מסננת

elek

מגרדת

rende

מכתש

havan

גריל

barbekü

מדורה

açık ateş

קרש חיתוך

kesme tahtası

מערוך

merdane

פותחן פקקים

tirbüşon

פחית

konserve kutusu

פותחן קופסאות

konserve açacağı

מטלית

fırın eldiveni

כיור

evye

מברשת

fırça

ספוג

sünger

בלנדר

blender

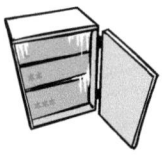

מקפיא

derin dondurucu

בקבוק לתינוק

biberon

ברז

musluk

חדר אמבטיה
banyo

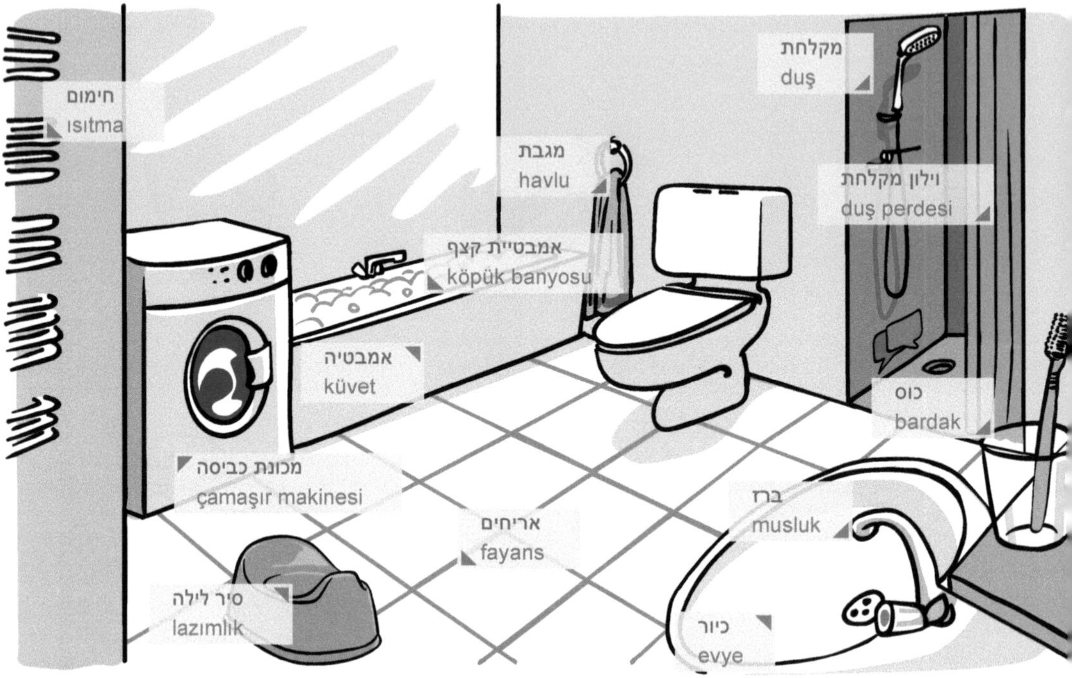

חימום
ısıtma
מקלחת
duş
מגבת
havlu
וילון מקלחת
duş perdesi
אמבטיית קצף
köpük banyosu
אמבטיה
küvet
כוס
bardak
מכונת כביסה
çamaşır makinesi
ברז
musluk
אריחים
fayans
סיר לילה
lazımlık
כיור
evye

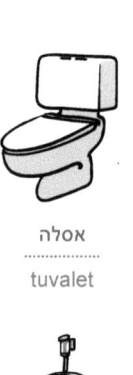

אסלה
tuvalet

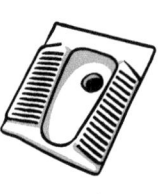

אסלת כריעה
alaturka tuvalet

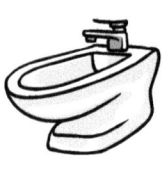

בידה
bide

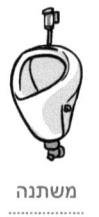

משתנה
pisuvar

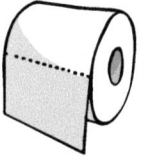

נייר טואלט
tuvalet kağıdı

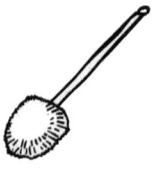

מברשת אסלה
tuvalet fırçası

מברשת שיניים

diş fırçası

משחת שיניים

diş macunu

חוט דנטלי

diş ipi

שטף

yıkamak

מקלחת יד

duş başlığı

צינור שטיפה לשירותים

duş başlığı şeklinde taharet musluğu

קערת רחצה

küvet

מברשת גב

banyo fırçası

סבון

sabun

ג'ל רחצה

duş jeli

שמפו

şampuan

ליפה

banyo lifi

ניקוז

gider

קרם

krem

דיאודורנט

deodorant

מראה
ayna

מראת יד
el aynası

סכין גילוח
jilet

קצף גילוח
tıraş köpüğü

אפטרשייב
tıraş losyonu

מסרק
tarak

מברשת
fırça

מייבש שיער
saç kurutma makinesi

ספריי לשיער
saç spreyi

איפור
makyaj

שפתון
ruj

לק
tırnak cilası

צמר גפן
pamuk

מספריים לציפורניים
tırnak makası

בושם
parfüm

תיק כלי רחצה

makyaj çantası

שרפרף

tabure

משקל

tartı

חלוק רחצה

bornoz

כפפות גומי

lastik eldiven

טמפון

tampon

תחבושת סניטרית

kadın pedi

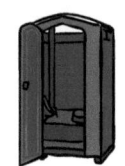

שירותים כימיקליים

kimyevi tuvalet

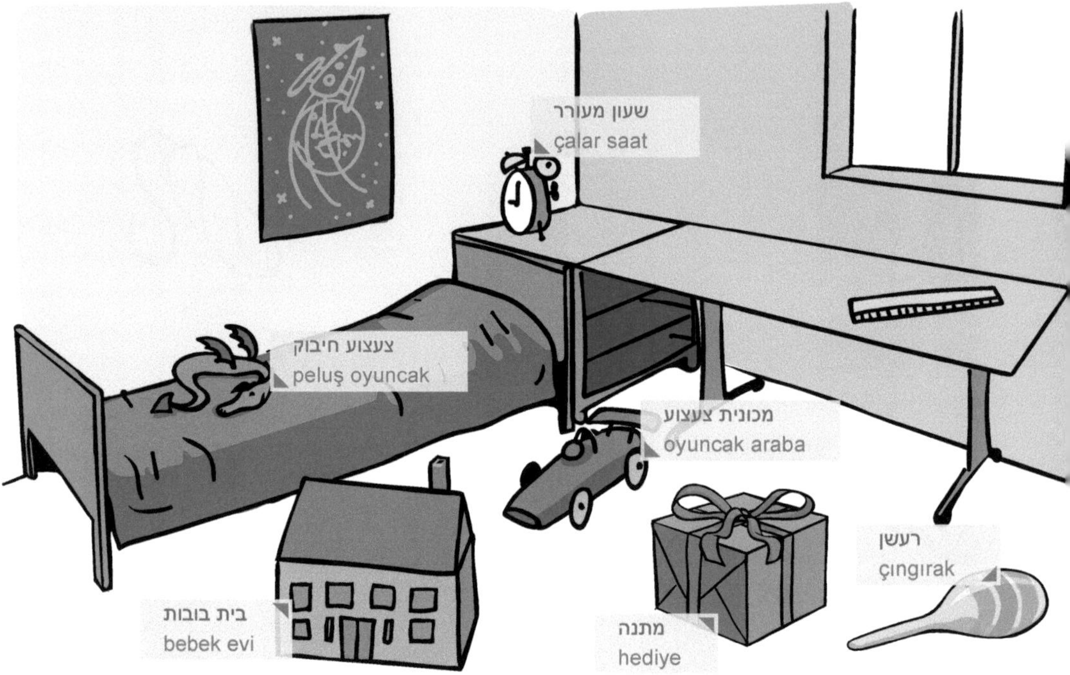

שעון מעורר
çalar saat

צעצוע חיבוק
peluş oyuncak

מכונית צעצוע
oyuncak araba

רעשן
çıngırak

בית בובות
bebek evi

מתנה
hediye

בלון
balon

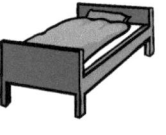

מיטה
yatak

עגלה
bebek arabası

משחק קלפים
kart destesi

פאזל
yapboz

קומיקס
çizgi roman

לגו

lego tuğlaları

קוביות משחק

lego blokları

דמות משחק

aksiyon figürü

סרבל תינוקות

zıbın

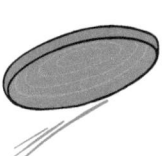

פריזבי

frizbi

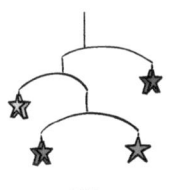

נייד

dönence

משחק לוח

masa oyunu

קוביה

zar

רכבת צעצוע

model tren seti

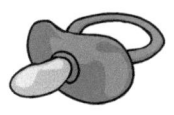

מוצץ

emzik

מסיבה

parti

אלבום תמונות

resimli kitap

כדור

top

בובה

oyuncak bebek

שיחק

oynamak

ארגז חול

kum havuzu

נדנדה

salıncak

צעצועים

oyuncaklar

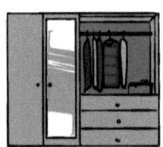

קונסולת משחקים

video oyun konsolu

אופניים תלת גלגלי

üç tekerlekli bisiklet

דובון

oyuncak ayı

ארון בגדים

gardırop

בגדים

kıyafet

גרביים

çorap

גרביונים

külotlu çorap

גרביון

tayt

צעיף
eşarp

מטריה
şemsiye

חולצת טי
tişört

חגורה
kemer

נעלי בית
terlik

מגפיים
bot

נעלי ספורט
spor ayakkabı

סנדלים
....
sandalet

נעליים
....
ayakkabı

מגפי גומי
....
lastik çizme

תחתונים
....
külot

חזייה
....
sütyen

וסט
....
yelek

גוף

dar bluz

מכנסיים

pantolon

ג'ינס

kot pantolon

חצאית

etek

חולצה מכופתרת

bluz

חולצה

gömlek

אפודה

kazak

סווצ'ר עם קפוצ'ון

süveter

בלייזר

blazer

ז'קט

ceket

מעיל

mont

מעיל גשם

yağmurluk

תלבושת

kostüm

שמלה

elbise

שמלת כלה

gelinlik

חליפה

takım elbise

כותונת לילה

gecelik

פיג'מה

pijama

סארי

sari

מטפחת ראש

baş örtüsü

טורבן

türban

בורקה

burka

קאפטן

kaftan

עבאיה

çarşaf

בגד ים

mayo

בגד ים

erkek mayosu

מכנסיים קצרים

şort

בגד אימון

eşofman

סינר

önlük

כפפות

eldiven

כפתור
düğme

משקפיים
gözlük

צמיד יד
bilezik

שרשרת
kolye

טבעת
yüzük

עגיל
küpe

כובע
kep

קולב
portmanto

כובע
şapka

עניבה
kravat

רוכסן
fermuar

קסדה
kask

כתפיות
pantolon askısı

תלבושת בית ספר
okul forması

מדים
üniforma

48   בגדים - kıyafet

מפית אוכל

mama önlüğü

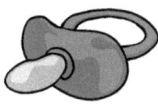

מוצץ

emzik

חיתול

bebek bezi

משרד
ofis

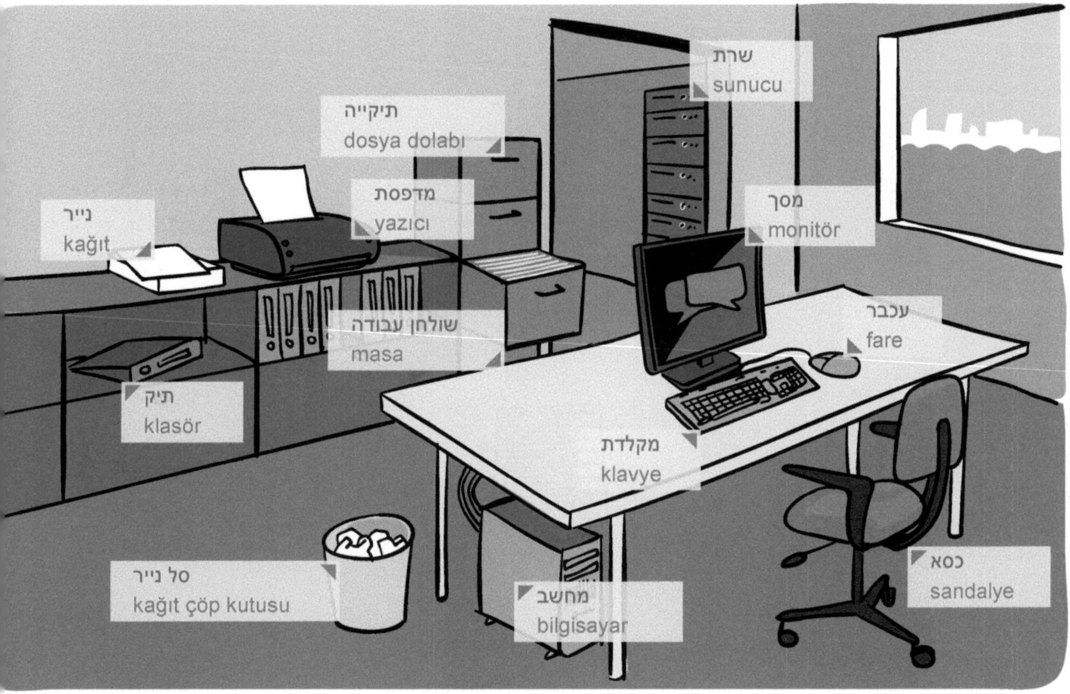

שרת
sunucu

תיקייה
dosya dolabı

מדפסת
yazıcı

מסך
monitör

נייר
kağıt

שולחן עבודה
masa

עכבר
fare

תיק
klasör

מקלדת
klavye

כסא
sandalye

סל נייר
kağıt çöp kutusu

מחשב
bilgisayar

ספל קפה

kahve fincanı

מחשבון

hesap makinesi

אינטרנט

internet

מחשב נייד

dizüstü

מכתב

mektup

הודעה

mesaj

נייד

cep telefonu

רשת

ağ

מכונת צילום

fotokopi makinesi

תוכנה

yazılım

טלפון

telefon

שקע

priz

פקס

faks makinesi

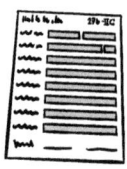

טופס

form

מסמך

belge

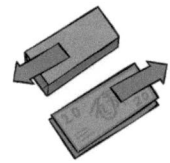

קנה

satın almak

שילם

ödemek

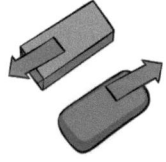

סחר

ticaret yapmak

כסף

para

דולר

dolar

יורו

avro

יֵן

yen

רובל

ruble

פרנק שווייצרי

İsviçre frangı

יואן רנמינבי

Çin yuanı

רופי

rupi

כספומט

kasa

המרת מטבע

döviz bürosu

זהב

altın

כסף

gümüş

נפט

petrol

אנרגיה

enerji

מחיר

fiyat

חוזה

kontrat

מס

vergi

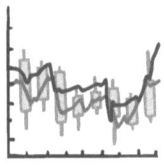

מנייה

menkul değer

עבד

çalışmak

עובד

işveren

מעסיק

işçi

מפעל

fabrika

חנות

mağaza

מקצועות
meslekler

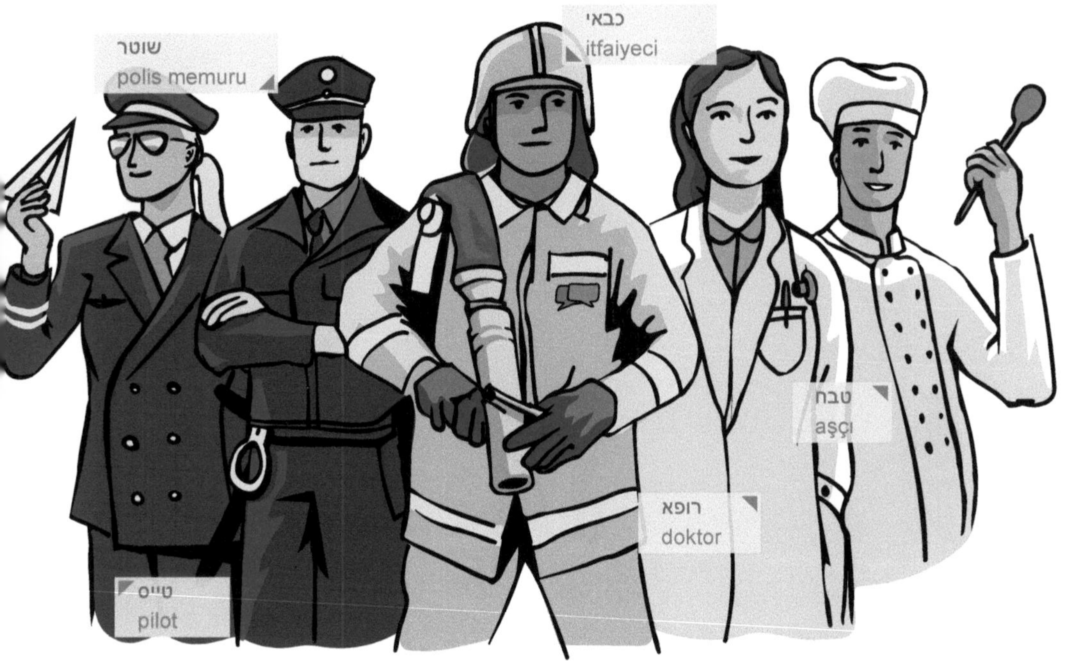

שוטר
polis memuru
כבאי
itfaiyeci
טבח
aşçı
רופא
doktor
טייס
pilot

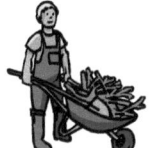

גנן
bahçıvan

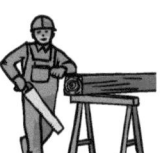

נגר
marangoz

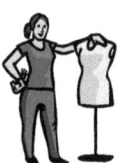

תופרת
terzi

שופט
hakim

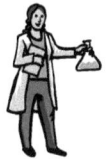

כימאי
kimyager

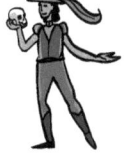

שחקן
aktör

נהג אוטובוס

otobüs şoförü

נהג מונית

taksi şoförü

דייג

balıkçı

עובדת נקיון

temizlikçi

מתקן גגות

çatı ustası

מלצר

garson

צייד

avcı

צייר

boyacı

אופה

fırıncı

חשמלאי

elektrikçi

עובד בניין

inşaatçı

מהנדס

mühendis

קצב

kasap

אינסטלטור

muslukçu

דוור

postacı

חייל

asker

אדריכל

mimar

קופאי

kasiyer

מוכר פרחים

çiçekçi

ספר

kuaför

כרטיסן

kondüktör

מכונאי

tamirci

קברניט

kaptan

רופא שיניים

dişçi

מדען

bilim insanı

רב

haham

אימאם

imam

נזיר

keşiş

כומר

rahip

כלי עבודה
aletler

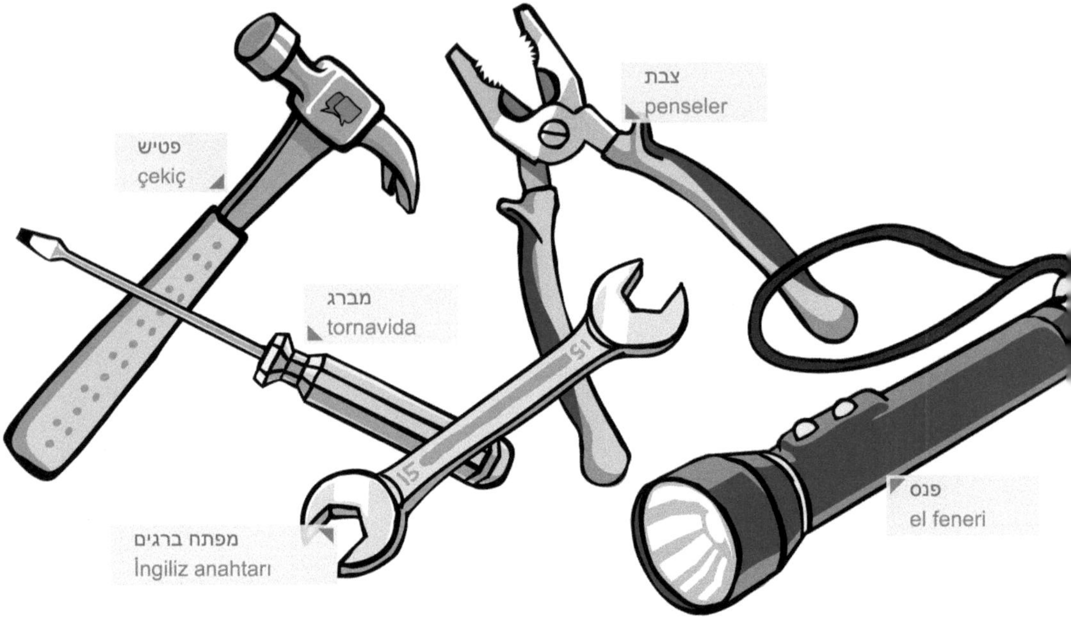
פטיש
çekiç
צבת
penseler
מברג
tornavida
מפתח ברגים
İngiliz anahtarı
פנס
el feneri

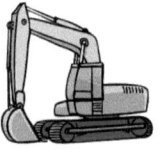

דחפור

kazı makinesi

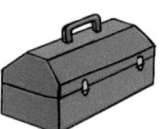

ארגז כלים

alet çantası

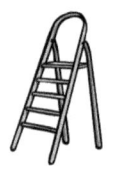

סולם

merdiven

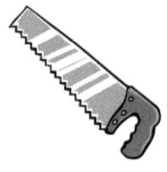

מסור

testere

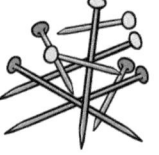

מסמרים

çiviler

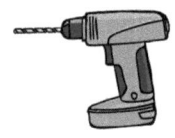

מקדחה

matkap

תיקון

tamir etmek

את חפירה

kürek

לעזאזל!

Kahretsin!

יעה

faraş

פח צבע

boya tenekesi

ברגים

vidalar

כלי נגינה
müzik enstrümanı

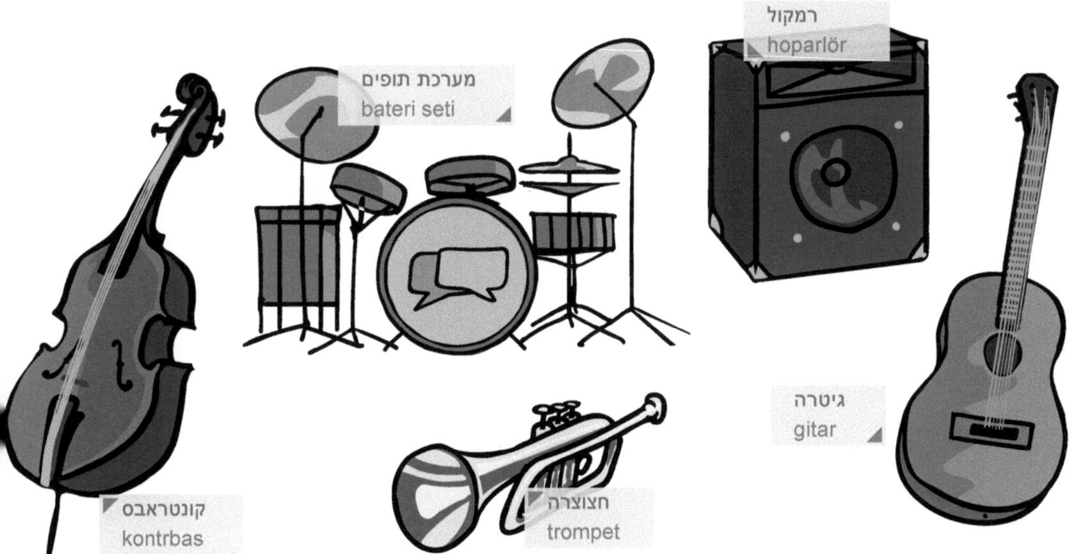

קונטרבס
kontrbas

מערכת תופים
bateri seti

רמקול
hoparlör

גיטרה
gitar

חצוצרה
trompet

פסנתר

piyano

כינור

keman

בס

basgitar

תוף הדוד

timpani

תופים

bateri

מקלדת פסנתר

klavye

סקסופון

saksafon

חליל

flüt

מיקרופון

mikrofon

גן חיות
hayvanat bahçesi

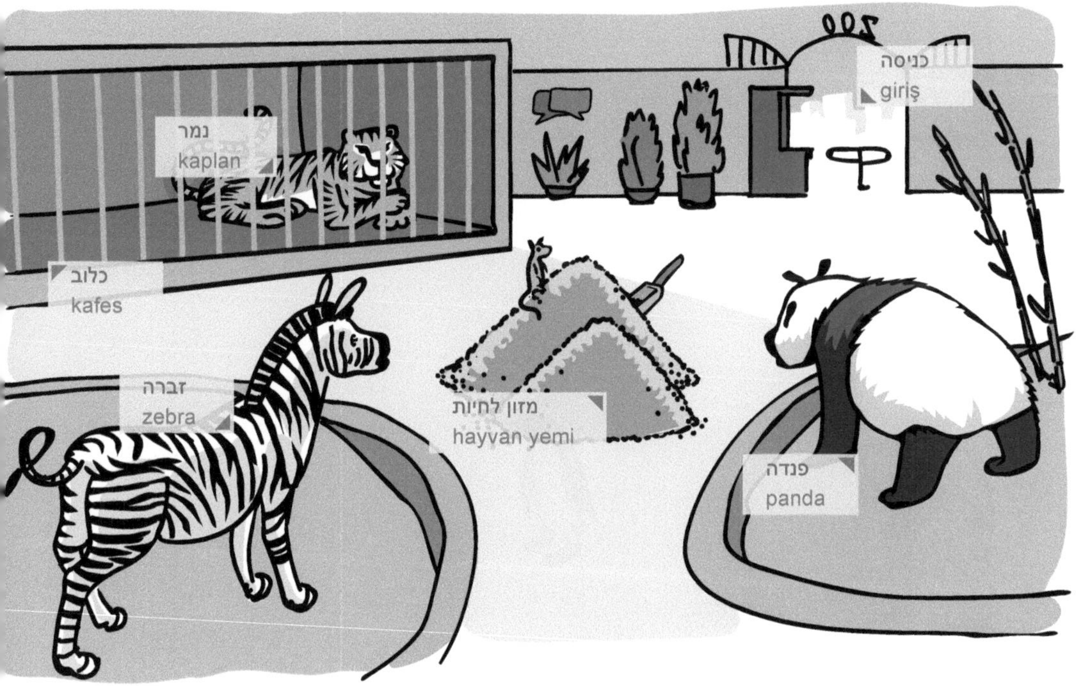

zoo
כניסה
giriş
נמר
kaplan
כלוב
kafes
זברה
zebra
מזון לחיות
hayvan yemi
פנדה
panda

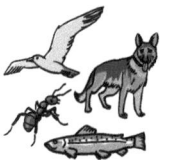

בעלי חיים
hayvanlar

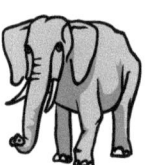

פיל
fil

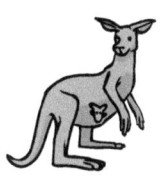

קנגרו
kanguru

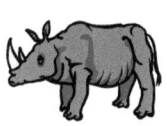

קרנף
gergedan

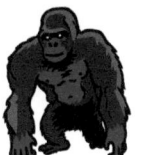

גורילה
goril

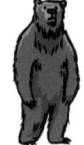

דוב
ayı

גמל

deve

יען

deve kuşu

אריה

aslan

קוף

maymun

פלמינגו

flamingo

תוכי

papağan

דוב הקרח

kutup ayısı

פינגווין

penguen

כריש

köpek balığı

טווס

tavus kuşu

נחש

yılan

תנין

timsah

שומר גן החיות

hayvanat bahçesi görevlisi

כלב ים

fok

יגואר

jaguar

סוס פוני

midilli atı

לאופרד

leopar

היפופוטאם

su aygırı

ג'ירפה

zürafa

נשר

kartal

חזיר בר

yaban domuzu

דג

balık

צב

kaplumbağa

סוס ים

mors

שועל

tilki

איילה

ceylan

פוטבול אמריקאי
amerikan futbolu

רכיבת אופניים
bisiklete binme

טניס
tenis

כדורסל
basketbol

שחיה
yüzme

אגרוף
boks

הוקי
buz hokeyi

כדורגל
futbol

בדמינטון
badminton

אתלטיקה
atletizm

כדור-יד
hentbol

עשה סקי
kayak

פולו
polo

צחק
gülmek

קפץ
atlamak

חיבק
sarılmak

הלך
yürümek

שר
söylemek

חלם
hayal etmek

התפלל
dua etmek

נשק
öpmek

כתב
yazmak

צייר
çizmek

הראה
göstermek

דחף
itmek

נתן
vermek

לקח
almak

יש / להיות הבעלים

sahip olmak

עשה

yapmak

היה

olmak

עמד

ayakta durmak

רץ

koşmak

משך

çekmek

זרק

atmak

נפל

düşmek

שכב

yalan söylemek

חיכה

beklemek

סחב

taşımak

ישב

oturmak

התלבש

giyinmek

ישן

uyumak

התעורר

uyanmak

הסתכל ב-

bakmak

בכה

ağlamak

ליטף

vurmak

סירק

taramak

דיבר

konuşmak

הבין

anlamak

שאל

sormak

שמע

dinlemek

שתה

içmek

אכל

yemek

סידר

düzenlemek

אהב

sevmek

בישל

pişirmek

נהג

sürmek

עף

uçmak

שט

denize açılmak

חישב

hesapla

קרא

okumak

למד

öğrenmek

עבד

çalışmak

התחתן

evlenmek

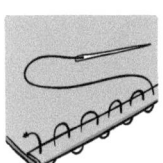

תפר

dikmek

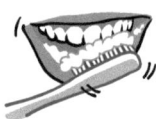

צחצח שיניים

diş fırçalamak

הרג

öldürmek

עישן

sigara içmek

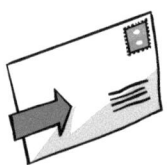

שלח

yollamak

משפחה

aile

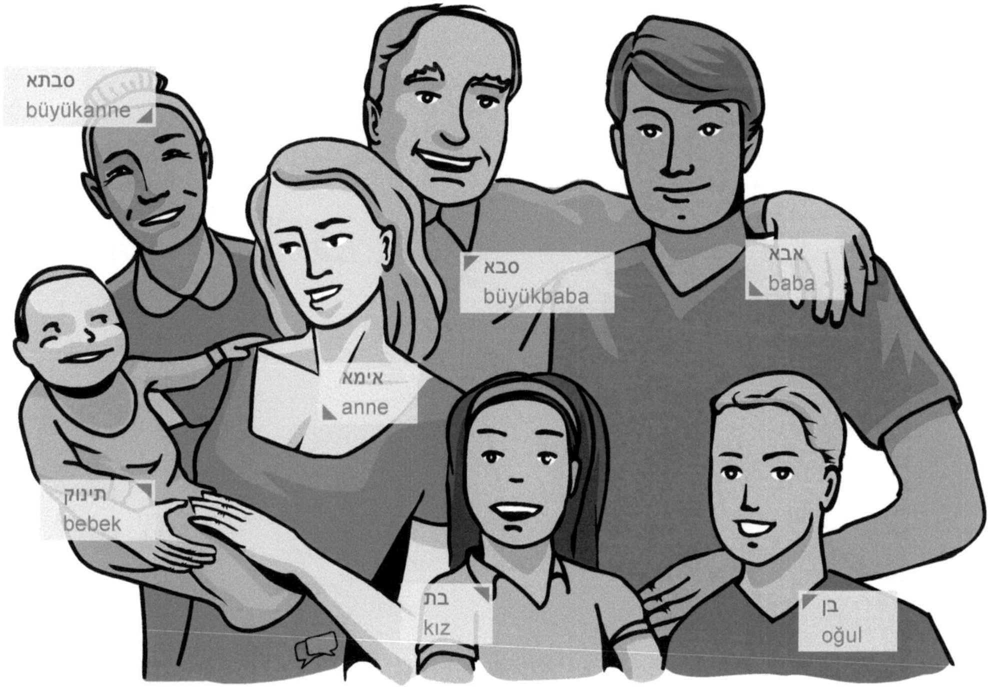
סבתא
büyükanne
סבא
büyükbaba
אבא
baba
אימא
anne
תינוק
bebek
בת
kız
בן
oğul

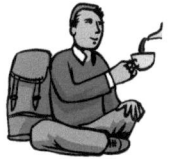

אורח
misafir

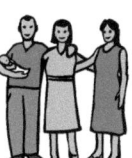

דודה
teyze

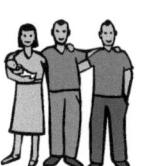

דוד
amca

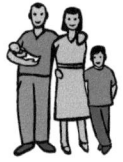

אח
erkek kardeş

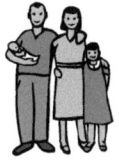

אחות
kız kardeş

גוף
vücut

מצח
alın
עין
göz
כתף
omuz
אצבע
parmak
פנים
yüz
סנטר
çene
כף יד
el
רגל
bacak
חזה
göğüs
זרוע
kol

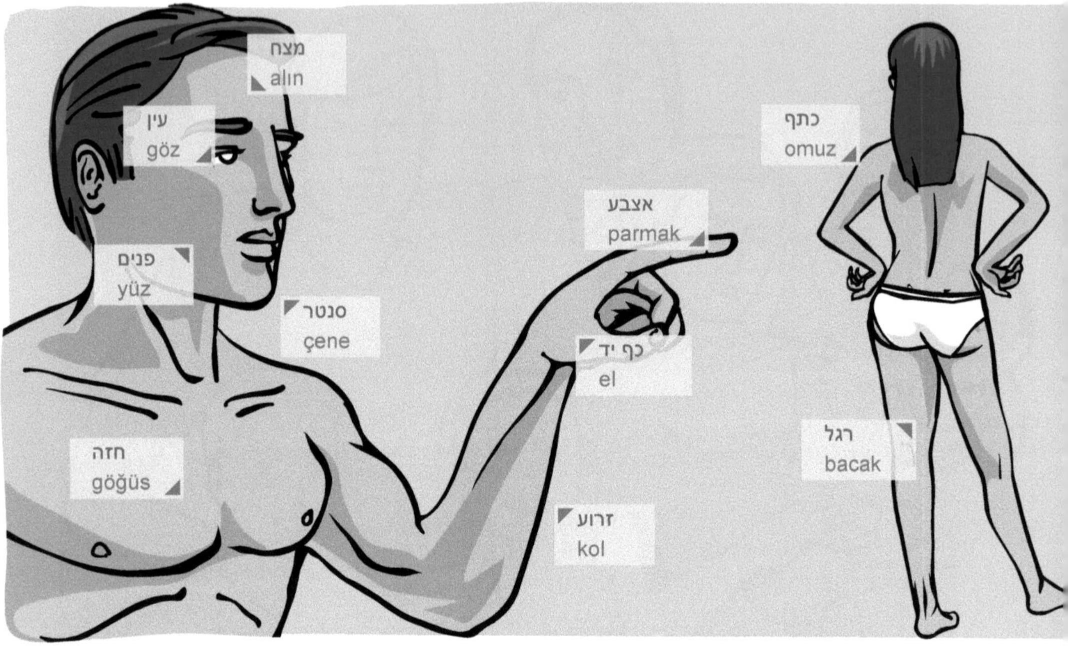

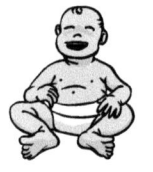

תינוק

bebek

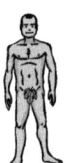

איש

adam

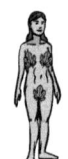

אישה

kadın

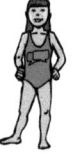

ילדה

kız

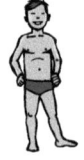

ילד

erkek çocuk

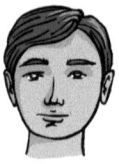

ראש

baş

גב

sırt

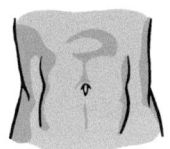

בטן

karın

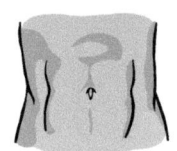

טבור

göbek

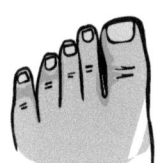

אצבע

ayak parmağı

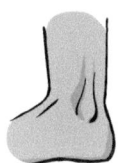

עקב

topuk

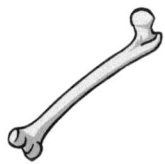

עצם

kemik

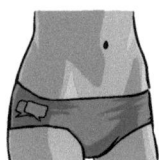

ירך

kalça

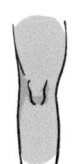

ברך

diz

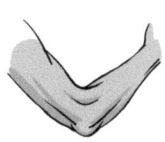

מרפק

dirsek

אף

burun

עכוז

kalça

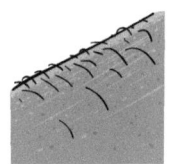

עור

deri

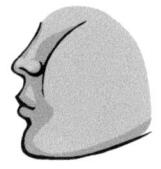

לחי

yanak

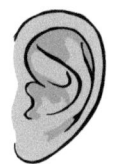

אוזן

kulak

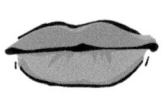

שפתיים

dudak

פה

ağız

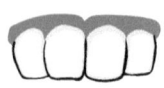

שֵׁן

diş

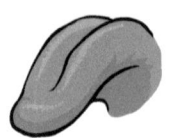

לשון

dil

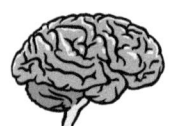

מוח

beyin

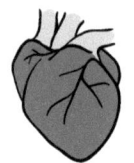

לב

kalp

שריר

kas

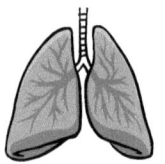

ריאה

akciğer

כבד

karaciğer

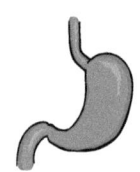

קיבה

mide

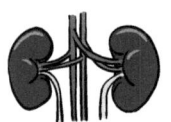

כליות

böbrekler

מין

seks

קונדום

prezervatif

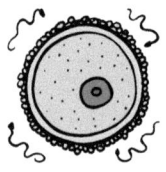

ביצית

yumurtalık

זרע

sperm

הריון

hamilelik

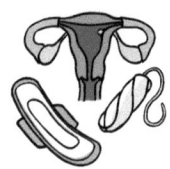

וווסת

regl

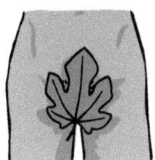

נרתיק

vajina

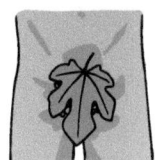

פין

penis

גבה

kaş

שיער

saç

צוואר

boyun

בית חולים

hastane

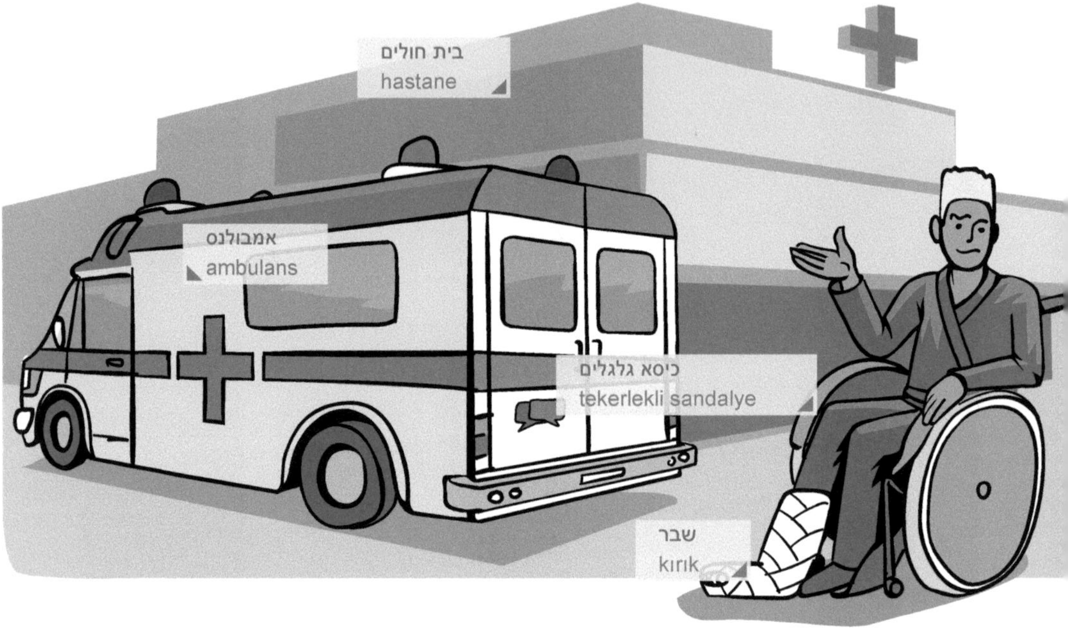

בית חולים
hastane
אמבולנס
ambulans
כיסא גלגלים
tekerlekli sandalye
שבר
kırık

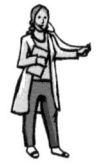

רופא

doktor

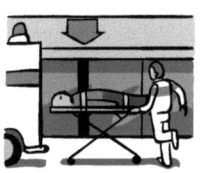

חדר מיון

acil servis

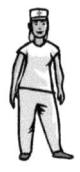

אחות

hemşire

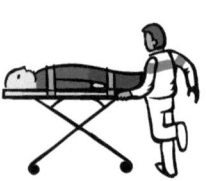

חירום

acil

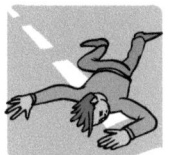

חסר הכרה

baygın

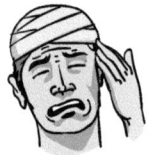

כאב

acı

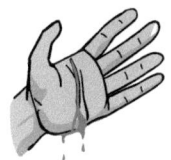

פציעה
yaralanma

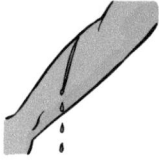

דימום
kanama

התקף לב
kalp krizi

שבץ
felç

אלרגיה
alerji

שיעול
öksürük

חום
ateş

שפעת
grip

שלשול
ishal

כאב ראש
baş ağrısı

סרטן
kanser

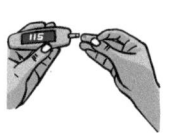

סוכרת
şeker hastalığı

מנתח
cerrah

אזמל
neşter

ניתוח
operasyon

סי-טי

bilgisayarlı tomografi

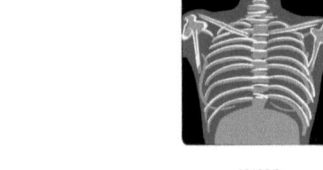

רנטגן

röntgen

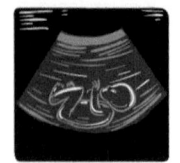

אולטרסאונד

ultrason

מסיכת פנים

yüz maskesi

מחלה

hastalık

חדר המתנה

bekleme odası

קבה

koltuk değneği

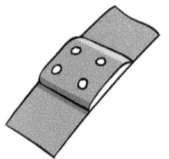

פלסטר

yara bandı

תחבושת

bandaj

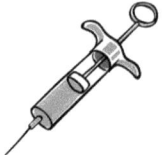

זריקה

enjeksiyon

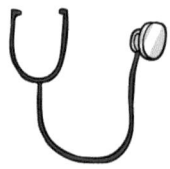

סטטוסקופ

steteskop

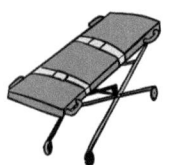

אלונקה

sedye

מד חום

tıbbi termometre

לידה

doğum

עודף משקל

fazla kilo

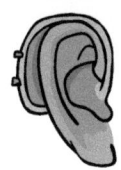

מכשיר שמיעה

işitme cihazı

מחטא

dezenfektan

זיהום

enfeksiyon

נגיף

virüs

איידס

HIV / AIDS

תרופה

ilaç

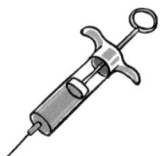

חיסון

aşı

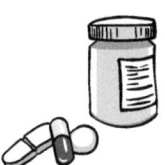

טבליות

tablet

גלולה

hap

קריאת חירום

acil çağrı

מד לחץ דם

tansiyon aleti

חולה / בריא

hasta / sağlıklı

הצילו!	אזעקה	פשיטה
İmdat!	alarm	darp

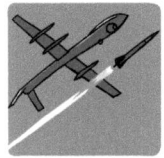

תקיפה	סכנה	יציאת חירום
saldırı	tehlike	acil çıkış

אש!	מטף כיבוי	תאונה
Yangın!	yangın tüpü	kaza

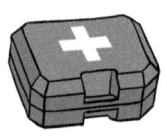

ערכת עזרה ראשונה	הצילו!	משטרה
ilk yardım çantası	imdat	polis

אירופה

Avrupa

צפון אמריקה

Kuzey Amerika

דרום אמריקה

Güney amerika

אפריקה

Afrika

אסיה

Asya

אוסטרליה

Avustralya

האוקיינוס האטלנטי

Atlantik

האוקיינוס השקט

Pasifik

האוקיינוס ההודי

Hint Okyanusu

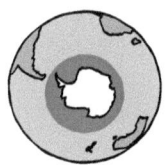

האוקיינוס האנטרקטי

Antarktika Okyanusu

האוקיינוס הארקטי

Arktik Okyanusu

הקוטב הצפוני

Kuzey Kutbu

הקוטב הדרומי

Güney Kutbu

אנטארקטיקה

Antarktika

כדור הארץ

dünya

אדמה

kara

ים

deniz

אי

ada

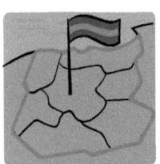

לאום

ulus

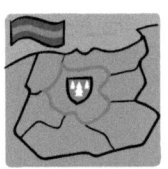

מדינה

ülke

פני השעון

kadran

מחוג השעות

akrep

מחוג הדקות

yelkovan

מחוג השניות

saniye ibresi

מה השעה?

Saat kaç?

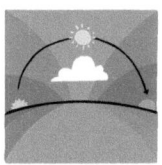

יום

gün

זמן

zaman

עכשיו

şimdi

שעון דיגיטלי

dijital saat

דקה

dakika

שעה

saat

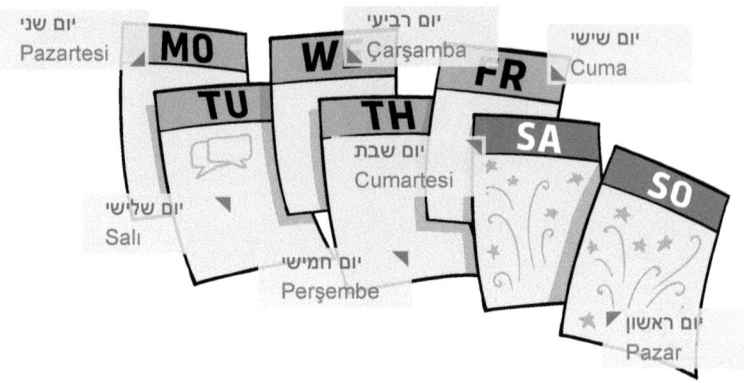

יום שני — Pazartesi — MO
יום רביעי — Çarşamba — W
יום שישי — Cuma — FR
TU
TH
יום שבת — Cumartesi — SA
יום שלישי — Salı
יום חמישי — Perşembe
SO
יום ראשון — Pazar

אתמול
....
dün

היום
....
bugün

מחר
....
yarın

בוקר
....
sabah

צהריים
....
öğle

ערב
....
akşam

MO	TU	WE	TH	FR	SA	SU
1	2	3	4	5	6	7
8	9	10	11	12	13	14
15	16	17	18	19	20	21
22	23	24	25	26	27	28
29	30	31	1	2	3	4

ימי עבודה
....
iş günleri

MO	TU	WE	TH	FR	SA	SU
1	2	3	4	5	6	7
8	9	10	11	12	13	14
15	16	17	18	19	20	21
22	23	24	25	26	27	28
29	30	31	1	2	3	4

סוף שבוע
....
hafta sonu

שנה
yıl

גשם
yağmur
קשת בענן
gökkuşağı
רוח
rüzgar
שלג
kara
אביב
bahar
סתיו
sonbahar
קיץ
yaz
חורף
kış

4.APRIL 11°
5.APRIL 4°
6.APRIL 13°
7.APRIL 8°
8.APRIL 10°

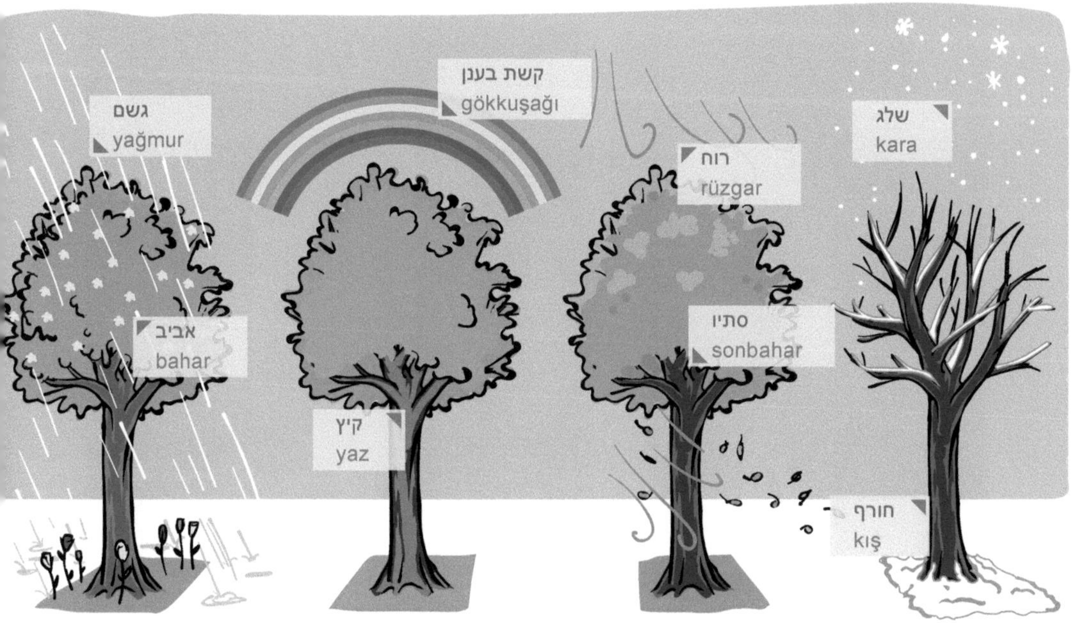

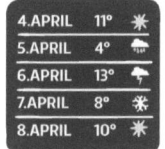

תחזית מזג האוויר
....
hava durumu tahmini

F C
120 40
90 30
60 20
30 10
0 0
-30 -10
-20

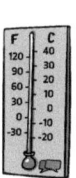

מד חום
....
termometre

אור שמש
....
güneş ışığı

ענן
....
bulut

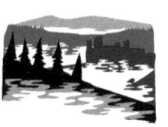

ערפל
....
sis

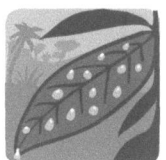

לחות
....
nem

ברק

şimşek

רעם

gök gürültüsü

סערה

fırtına

ברד

dolu

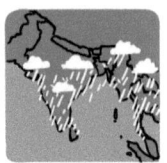

רוח עונתי

muson

שיטפון

sel

קרח

buz

ינואר

Ocak

פברואר

Şubat

מרץ

Mart

אפריל

Nisan

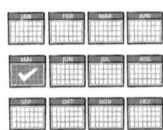

מאי

Mayıs

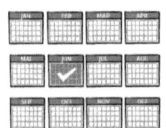

יוני

Haziran

יולי

Temmuz

אוגוסט

Ağustos

ווו - שנה

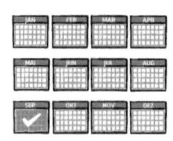

ספטמבר
Eylül

אוקטובר
Ekim

נובמבר
Kasım

דצמבר
Aralık

צורות
şekiller

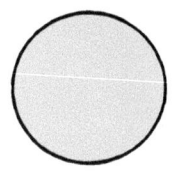

עיגול
daire

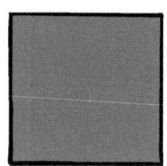

מרובע
kare

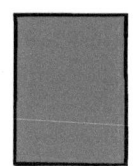

מלבן
dikdörtgen

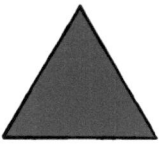

משולש
üçgen

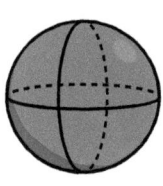

כדור
küre

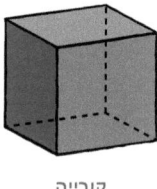

קובייה
küp

לבן

beyaz

צהוב

sarı

כתום

turuncu

ורוד

pembe

אדום

kırmızı

סגול

mor

כחול

mavi

ירוק

yeşil

חום

kahverengi

אפור

gri

שחור

siyah

הרבה / מעט

çok / az

כועס / רגוע

kızgın / sakin

יפה / מכוער

güzel / çirkin

התחלה / סוף

başlangıç / son

גדול / קטן

büyük / küçük

בהיר / כהה

parlak / karanlık

אח / אחות

erkek kardeş / kız kardeş

נקי / מלוכלך

temiz / kirli

שלם / חלקי

tamam / eksik

יום /לילה

gün / gece

מת / חי

ölü / canlı

רחב / צר

geniş / dar

אכיל / לא אכיל

yenilebilir / yenilemez

רשע / טוב לב

kötü / iyi

מתרגש / משועממ

heyecanlı / sıkılmış

שמן / רזה

şişman / zayıf

ראשון / אחרון

ilk / son

חבר / אויב

dost / düşman

מלא / ריק

dolu / boş

קשה / רך

sert / yumuşak

כבד / קל

ağır / hafif

רעב / צמא

açlık / susuzluk

חולה / בריא

hasta / sağlıklı

בלתי-חוקי / חוקי

yasa dışı / yasal

נבון / טיפש

zeki / aptal

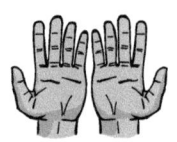

שמאל / ימין

sol / sağ

קרוב / רחוק

yakın / uzak

חדש / משומש

yeni / kullanılmış

כלום / משהו

hiçbir şey / bir şey

זקן / צעיר

yaşlı / genç

פעיל / כבוי

açma / kapama

פתוח / סגור

açık / kapalı

שקט / רועש

sessiz / gürültülü

עשיר / עני

zengin / fakir

נכון / שגוי

doğru / yanlış

מחוספס / חלק

pürüzlü / düz

עצוב / שמח

üzgün / mutlu

קצר / ארוך

kısa / uzun

איטי / מהיר

yavaş / hızlı

רטוב / יבש

ıslak / kuru

חם / קר

sıcak / serin

מלחמה / שלום

savaş / barış

0	**1**	**2**
אפס	אחת	שתיים
sıfır	bir	iki

3	**4**	**5**
שלוש	ארבע	חמש
üç	dört	beş

6	**7**	**8**
שש	שבע	שמונה
altı	yedi	sekiz

9	**10**	**11**
תשע	עשר	אחת-עשרה
dokuz	on	on bir

12
שתים-עשרה
on iki

13
שלוש-עשרה
on üç

14
ארבע-עשרה
on dört

15
חמש-עשרה
on beş

16
שש-עשרה
on altı

17
שבע-עשרה
on yedi

18
שמונה-עשרה
on sekiz

19
תשע-עשרה
on dokuz

20
עשרים
yirmi

100
מאה
yüz

1.000
אלף
bin

1.000.000
מיליון
milyon

אנגלית

İngilizce

אנגלית אמריקאית

Amerikan İngilizcesi

סינית מנדרינית

Çince (Mandarin)

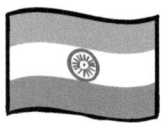

הודית

Hintçe

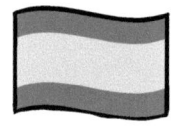

ספרדית

İspanyolca

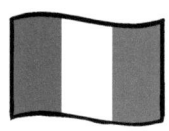

צרפתית

Fransızca

ערבית

Arapça

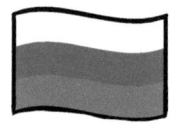

רוסית

Rusça

פורטוגזית

Portekizce

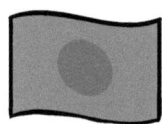

בנגלית

Bengalce

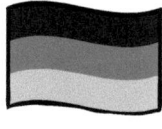

גרמנית

Almanca

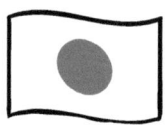

יפנית

Japonca

אני

ben

אתה / את

sen

הוא / היא / זה

o

אנחנו

biz

אתם

siz

הם

onlar

מי?

kim?

מה?

ne?

איך?

nasıl?

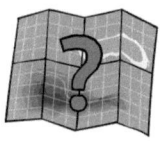

איפה?

nerede?

מתי?

ne zaman?

שם

isim

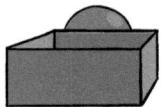

מאחור
......
arkasında

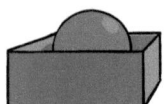

בתוך
......
içinde

לפני
......
önünde

מעל
......
üzerinde

על
......
üstünde

מתחת
......
altında

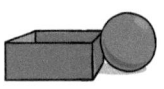

ליד
......
yanında

בין
......
arasında

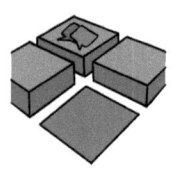

מקום
......
yer

Meiner Mutter gewidmet

Seit meiner Kindheit läutet der Duft
ihrer selbstgebackenen Anis-Röllchen die Zeit des Winters ein
und begleitet mich über das Weihnachtsfest hinaus,
bis sich das Jahr dem Ende neigt.

Die verborgene Magie des Winters

Petra Kesse

Die verborgene Magie des Winters

Bibliografische Information der Deutschen Nationalbibliothek:
Die Deutsche Nationalbibliothek verzeichnet diese Publikation in der Deutschen
Nationalbibliografie; detaillierte bibliografische Daten sind im Internet über
http://dnb.dnb.de abrufbar.

Lektorat: Heidi St.
Satz und Layout: Petra Kesse
www.petrakesse-autorin.de
Coverbildquelle: Free-Photos on Pixabay
Covergestaltung: BoD easyCover
Bilderquelle: Free-Photos on Pixabay: Bruno Glätsch, Sabrina Ripke, Gerd Alt-
mann, cocoparisienne,

Herstellung und Verlag: BoD – Books on Demand, Norderstedt

ISBN: 978-3750422520

Inhaltsverzeichnis

Im Schein der Kerzen

›Wie kann Mona hier nur freiwillig leben?‹, fragte sich Kira, während sie gedankenverloren in das Dunkel blickte, das an dem Fenster ihres Zugabteils vorbeirauschte. Sie kannte die Einöde, durch die sie fuhr. Einige Monate zuvor hatte sie schon einmal ihre beste Freundin besucht – in der ›Pampa‹, wie Kira es nannte. Sie seufzte und ließ ihren Kopf gelangweilt zurückfallen.

»Geht's zu den Eltern?«, hörte sie plötzlich jemanden fragen.

»Wie bitte?« Irritiert sah Kira die alte Dame an, welche kurz zuvor zugestiegen war und ihr nun im Abteil gegenübersaß. Sie deutete auf Kiras Reisetasche.

»Weihnachten ist es zuhause am schönsten, nicht wahr?«

»Um Gottes Willen«, stieß Kira hervor. »Wenn hier, am Ende der Welt, mein Zuhause wäre, hätte ich mich schon längst irgendwo vergraben. Ich besuche nur eine Freundin über die Feiertage. Nach Weihnachten bin ich ganz schnell wieder verschwunden.«

»Aber wie kommen Sie denn zu einer Freundin … hier am Ende der Welt?«

»Sie ist vor einem halben Jahr in diese Gegend gezogen. Freiwillig! Können Sie sich das vorstellen? Hat hier sozusagen ›hin geheiratet‹«. Verständnislos schüttelte Kira den Kopf. »Habe ich bis heute nicht verstanden. Hier auf dem Land ist nichts los. Absolut nichts. Pampa. Die haben hier doch bis vor kurzem noch auf offenem Feuer gekocht, wie Eingeborene.«

Die alte Dame grinste und reichte ihr spontan die Hand.

»Darf ich mich vorstellen? Elisabeth, eine Eingeborene dieser Pampa.«

7

Kira lief rot an.

»Entschuldigen Sie, so war das nicht gemeint«, erwiderte sie kleinlaut.

»Sie waren doch erst ein einziges Mal hier, vielleicht haben Sie noch nicht alles gesehen.«

»Alles?« Kira riss ihre Augen weit auf. »Soll das ein Witz sein? Was meinen Sie mit ›alles‹? Im August war ich mit dem Auto hier. Ich fuhr ins Dorf rein und schwupps«, sie schnippte mit den Fingern, »war ich auch schon wieder raus. Lassen Sie mich überlegen …«, gespielt nachdenklich blickte sie zur Decke, »ich habe eine Bäckerei gesehen, einen Blumenladen und eine Apotheke. Das wars!«

»Ziemlich viel für eine so kurze Strecke«, scherzte Elisabeth.

Kira lachte kurz auf.

»Okay, so kann man's auch sehen.«

»Wer weiß, vielleicht werden Sie bei diesem Besuch doch noch etwas Neues entdecken.«

»Neee, ganz bestimmt nicht.« Kira schüttelte heftig den Kopf. »Im Gegenteil. Ich befürchte, im Winter ist es hier noch öder und …« Eine männliche, dunkle Stimme aus dem Lautsprecher unterbrach ihre Rede und kündigte die nächste Station an. »Geschafft!« Kira schlug sich mit den flachen Händen auf die Oberschenkel. »Na, dann mal auf ins Abenteuer Pampa«, nuschelte sie sarkastisch, schlüpfte in ihre Jacke, legte sich den Schal locker um den Kragen und warf einen kurzen Blick auf ihr Handy. »Ist jetzt nicht wahr, oder?«, stieß sie hervor, als sie die Mitteilung ihrer Freundin entdeckte.

»Probleme?« Elisabeth sah sie über den Rand ihrer Brille an.

»Finja hat Fieber.«

»Ihre Freundin?«

Kira schüttelte den Kopf.

»Ihre Tochter. Sie ist erst sechs Wochen alt und meine Freundin möchte bei der Kälte nicht mit ihr raus. Die Schwiegereltern hätten aufs Baby aufpassen können, die sind aber noch nicht eingetrudelt. Nun kann sie mich nicht vom Bahnhof abholen.« Sie fuhr sich mit gespreizten Fingern durch ihre dunkelbraunen Locken. »Soll ich etwa den ganzen Weg latschen? Soweit ich weiß, fahren hier keine Busse.« Sie verzog leidend das Gesicht und atmete schwer durch. »Gibt's hier wenigstens Taxen?«

Elisabeth nickte grinsend.

»Die Erfindung des Automobils hat sich tatsächlich schon bis zu uns herumgesprochen. Der Taxistand befindet sich direkt hinter dem Bahnhofsgebäude.«

»Wow, wie beruhigend«, seufzte Kira, steckte das Handy weg und zog den Reißverschluss ihrer Jacke hoch. Im selben Moment hielt der Zug und die Türen öffneten sich. »Sehen Sie«, sagte Kira, nachdem sie auf dem zugigen Bahnsteig standen, »das ist es, was ich meine: Ein Gleis! Ein einziges Gleis! Und so etwas nennt sich Bahnhof.« Kopfschüttelnd betrachtete sie die dicken Schneeflocken, die im Schein der matten Bahnhofsbeleuchtung herumwirbelten. »Darf nicht wahr sein. Der Bahnsteig ist nicht mal überdacht.« Sie schlug die Kapuze hoch und verknotete den Schal vor ihrer Brust, während ihr der eisige Wind einen Schauer über den Rücken jagte. Aus ihrer Jackentasche hangelte sie ein paar Fäustlinge, doch bevor sie sie überzog, reichte sie Elisabeth die Hand. »Ich wünsche Ihnen ein schönes Weihnachtsfest.«

»Danke schön! Das wünsche ich Ihnen ebenfalls. Und eine wunderbare Zeit mit Ihrer Freundin. Versuchen Sie, die Ruhe zu genießen. Auch wenn auf dem Lande nicht das Leben pulsiert, trotzdem

9

gibt es viel Schönes zu entdecken. Nichts ist ›nur schlecht‹ oder ›nur gut‹ – weder Menschen noch Orte.« Mut machend nickte die alte Dame ihr zu, drehte sich um und ging.

Auch Kira machte sich auf den Weg und sah schon nach wenigen Metern ein Taxi, dessen Fahrer mit hochgeschlagenem Kragen am Wagen lehnte und an seiner Zigarette zog.

»Guten Abend, bitte zur Norder Straße 12«, bat Kira ihn mit einem gequälten Lächeln.

»Moin«, erwiderte er und schob seine schwarze Wollmütze etwas aus der Stirn. »Norder Straße?« Bedenklich schüttelte der junge Mann den Kopf. »Kann Ihnen nicht versprechen, dass wir es rechtzeitig schaffen.« Er zog ein letztes Mal an seiner Zigarette und schnippte den Stummel auf die Straße.

»Es wozu rechtzeitig schaffen?« Fragend sah sie ihn an, während er ihr das Gepäck abnahm und es im Kofferraum verstaute.«

»Heilig Abend, Norder Straße. Sie wissen schon«, nuschelte er, als müsste damit alles ausreichend erklärt sein, und stieg in den Wagen. »Nehme an, Sie wollen da sein, wenn …«, er unterbrach sich selbst, als er Kiras fragenden Blick bemerkte. »Sie wissen gar nicht, wovon ich rede, oder?«

»Allerdings nicht.«

»Ach so«, murmelte er, ließ den Wagen an und fuhr los.

»Lassen Sie mich dumm sterben oder erklären Sie es mir?«, hakte Kira zynisch nach.

»Lassen Sie sich überraschen.«

»Ich möchte mich aber nicht überraschen lassen.«

»Weihnachten lässt man sich überraschen«, erwiderte er, seinen Blick stur nach vorne gerichtet. Kira rollte mit den Augen. Von ihrer Freundin hatte sie bereits erfahren, dass man auf dem Lande nur das Nötigste sprach. Daher beschloss sie, ›Mr. Quasselstrippe‹ zu ignorieren und schaute gelangweilt aus dem Seitenfenster. Der Vollmond ließ die schneebedeckte Landschaft mit ihren Tannen und brachliegenden Feldern gespenstisch aussehen. Hier und da tauchte ein Haus oder ein Bauernhof auf. Aus den Fenstern schien ein warmes Licht ins Dunkel.

»Ich würde hier einen Natur-Koller kriegen«, seufzte Kira.

»Aahhh, ein Städter, richtig?«

»Aber sowas von! Bin nur meiner Freundin zuliebe angetrabt. Ihr Mann hatte einen Unfall, liegt im Krankenhaus. Nun hockt Mona alleine unterm Tannenbaum, mit ihren wortkargen Schwiegereltern. Ist kein Spaß, sag ich Ihnen. Natürlich hätte meine Freundin auch zu mir kommen können. Aber ihre Lütte ist erst sechs Wochen alt. Stundenlang im Zug hocken kommt da nicht so gut. Ist ja eine halbe Weltreise, heraus aus diesem Kaff.« Sie sah ihn von der Seite an, in Erwartung eines Kommentars, doch er schwieg hartnäckig. Kira bezweifelte, dass er ihr überhaupt zugehört hatte. Gelangweilt wandte sie ihren Kopf zum Fenster. »Bäume, Felder, Bäume, Felder und nochmal Bäume, Felder – ich kriege die Krise«, seufzte sie nach einer Weile und ließ ihren Kopf nach hinten gegen den Sitz fallen.

»Wir sind da. Sie laufen das letzte Stück«, sagte der Fahrer entschlossen und fuhr an der Ecke zur Norder Straße rechts ran. »Ihr Gepäck ist leicht, bis Nummer 12 sind's nur wenige Meter.«

»Sie schmeißen mich raus, weil ich kein Natur-Junkie bin?«, stieß Kira hervor und starrte ihn fassungslos an.

»Haben's noch rechtzeitig geschafft. Ist Heilig Abend und gleich 18 Uhr.«

Sie riss ihre Augen übertrieben weit auf.

11

»Und das bedeutet?«, fragte sie sichtlich genervt.

»Ich möchte, dass Sie hautnah erleben, wie charmant dieses …«, er machte eine bedeutungsvolle Pause, »… dieses Kaff sein kann. Vertrauen Sie einem echten Dorfjungen. Sie werden es ganz sicher nicht bereuen.«

»Sie werfen mich hier tatsächlich raus.« Fassungslos schüttelte sie den Kopf. »Ich bin echt im falschen Film.«

Über das Gesicht des Fahrers huschte ein Grinsen, dann warf er einen Blick auf das Taxameter.

»Macht 13,20.«

Großzügig drückte sie ihm 15 Euro in die Hand.

»Stimmt so! Für Ihre Mühe«, betonte sie sarkastisch.

»Vielen Dank. Es war mir eine Ehre, einen Stadtmenschen hofieren zu dürfen.« Er stieg aus, holte die Tasche aus dem Kofferraum und reichte sie ihr. »Schöne Weihnachten.«

»Ebenfalls«, erwiderte sie gespielt grinsend, fügte in Gedanken ›Blöder Heini‹ hinzu und stapfte los.

Der Schnee knirschte unter ihren Stiefeln. Wenigstens hatte es aufgehört zu schneien. Kira bog in die Norder Straße ein, die von alten Fachwerkhäusern und antik aussehenden Laternen gesäumt war. Erstaunt stellte sie fest, dass richtig was los war, was sie angesichts der Uhrzeit und des besonderen Abends stutzig machte. Kinder spielten im Schnee, Pärchen schlenderten durch die Straße und blieben hin und wieder bewundernd vor den Häusern stehen. Sollten um diese Zeit nicht alle vereint unterm Tannenbaum sitzen? Sogar in Bremen waren zu dieser Zeit, an diesem besonderen Abend, die Straßen wie leergefegt. Doch dann schaute Kira die Häuserreihe entlang. In allen Fenstern standen Weihnachtspyramiden mit echten Kerzen. Doch es gab auch Häuser in denen keine Pyramiden standen. Stattdessen brannte nur eine einzelne, rote Kerze in einem ihrer Fenster.

›Das hat was‹, gestand Kira sich ein. ›Wer hätte das …‹ Ihre Gedanken stockten, als plötzlich die Laternen ausgingen, genauso wie die Leuchtreklame der Bäckerei und des Blumenladens. Auch die Apotheke am Ende der Straße lag im Dunkeln. Selbst die Anwohner hatten in ihren Häusern alle Lampen ausgeschaltet. Nur der Schein der flackernden Kerzen fiel auf die schneebedeckten Gehwege. Kira blieb stehen und sah fasziniert die Straße hinauf, überwältigt von diesem mystischen Anblick, der umgeben war von absoluter Stille. Schweigend standen die Menschen, die gerade noch die Straße entlangspazierten, da und genossen gemeinsam diesen besonderen Moment. Erst nach einigen Minuten öffneten sich nach und nach die Haustüren, Bewohner traten heraus und wünschten sich ein frohes Weihnachtsfest. Irritiert stellte Kira fest, dass die Türen der Häuser mit den roten Kerzen in den Fenstern geschlossen blieben.

»Haben die roten Kerzen eine besondere Bedeutung?«, wollte Kira von einer jungen Frau wissen, die gemeinsam mit ihren Kindern auf dem Gehweg stand.

»Ja, leider«, erwiderte diese wehmütig. »In den Häusern mit den roten Kerzen leben Familien, die in diesem Jahr einen geliebten Menschen verloren haben. Natürlich könnten auch diese Familien Pyramiden aufstellen. Aber vielen steht nicht der Sinn nach funkelndem Weihnachtsschmuck, wenn die Trauer noch zu frisch, das Herz noch zu schwer ist. Doch sie stellen eine rote Kerze ins Fenster, in Gedenken an den Menschen, den sie verloren haben, und um uns zu zeigen, dass sie zu uns gehören. Es wäre schön, wenn sie sich trotz ihrer Trauer zu uns gesellen würden. Aber wir verstehen es auch, wenn sie für sich bleiben wollen.«

»Rote Kerzen, Weihnachtspyramiden. Ein wunderschönes Ritual«, seufzte Kira und schluckte schwer.

»Als Kind habe ich schon in dieser Straße gelebt«, fuhr die junge Frau fort. »Ich bin damit aufgewachsen und freue mich jedes Jahr darauf.«

Kira lächelte verlegen. Einen solch magischen Moment zu erleben, damit hatte sie in dieser Gegend wirklich nicht gerechnet. Und plötzlich fielen ihr die Worte der alten Dame wieder ein. ›Nichts ist nur gut oder nur schlecht – weder Menschen noch Orte‹.

Die rote Ampel

Katja Siemer machte sich ein paar Notizen in einer Patientenakte und legte sie auf den Schreibtisch zurück.

»Feierabend«, sagte sie entschlossen.

»Das wird auch Zeit!«, mahnte ihre Kollegin Svenja. »Feierabend hast du bereits seit einer viertel Stunde. Dein Mann wartet bestimmt schon sehnsüchtig auf dich.«

»Von wegen! Mein Göttergatte ist 150 Kilometer weit weg und amüsiert sich bis Freitag auf einer Fortbildung. Und was morgen auf mich wartet sind schmutzige Fenster, Bügelwäsche und ein Termin beim Steuerberater.«

»Hört sich nach einem super freien Tag an«, scherzte Svenja und verzog ihr Gesicht.

»Ein freier Tag!« Katja lachte frustriert auf. »Einen solchen Luxus kann ich mir nicht leisten, dafür fehlt mir schlichtweg die Zeit.« Sie hängte ihren Kittel in den Spint und nahm ihre Tasche heraus. »Ich werde noch kurz bei Frau Baumann reinschauen und …«

»Frau Baumann? Die Frau, die den Verkehrsunfall hatte?«

»Verkehrsunfall?« Katja hob sarkastisch eine Augenbraue. »Ist es ein Verkehrsunfall, wenn man auf dem Gehweg spaziert und ein betrunkener Vollpfosten einen über den Haufen fährt? Ein Wunder, dass sie mit ein paar Knochenbrüchen davongekommen ist. Hätte schlimmer ausgehen können.«

Svenja nickte. »Sie hat echt Glück gehabt. Aber warum willst du zu ihr? Ich mache doch gleich meine Runde.«

»Ich habe ihr heute Mittag versprochen, dass ich nochmal vorbei-schaue. Damit meinte ich natürlich heute Nachmittag und nicht jetzt, nach Feierabend. Bin aber nicht dazu gekommen.« Katja zuckte mit den Schultern. »Es war einfach so viel zu tun.«

»Na, dann mal los!«, sagte Svenja. »Und morgen einen super freien Tag«, fügte sie ironisch hinzu.

»Werde ich haben!« Katja kicherte. »Du hast ja meinen Steuerberater noch nicht gesehen. George Clooney ist nix dagegen.«

»Glaub ich dir aufs Wort«, meinte Svenja und lachte laut auf.

»Das hoffe ich doch«, erwiderte Katja grinsend und ging.

Als Katja das Krankenzimmer betrat, schlief ihre Patientin tief und fest. Ihre Schwester Jana saß dennoch an ihrem Bett.

»Frau Baumann, Sie sind doch schon seit heute Mittag hier«, wunderte sich Katja. »Es wäre sicher besser, wenn Sie jetzt nach Hause gingen. Oder wollen Sie als Schwester Jana die Nachtschicht für meine Kollegin übernehmen?«, fragte sie augenzwinkernd.

»Besser nicht«, erwiderte diese schmunzelnd. »Das wollen Sie Ihren Patienten bestimmt nicht antun. Aber darf ich noch kurz die Karte an meine Schwester zu Ende schreiben? Wenn Christine aufwacht, soll sie auf ihrem Nachttisch stehen.«

»Sie schreiben ihr eine Karte?« Verwundert sah Katja sie an.

»Wieso nicht? Ich möchte sie damit überraschen. Ich gebe zu, es klingt etwas eigenartig. Aber ich bekomme so oft Post von meiner Schwester. Christine schreibt wunderschöne Briefe – mit einem Füllfederhalter und immer auf edlem Papier. Manchmal ist es nur eine Seite, manchmal ein sehr langer Text. Je nachdem, wie lange ihre Ampel auf Rot steht.«

»Ihre Ampel?« Katja runzelte die Stirn. »Welche Ampel?«
Grinsend winkte Jana ab. »Ach, das ist eine lange Geschichte. Aber wenn Sie wollen, erzähle ich sie Ihnen.«

16

»Ja, sehr gerne! Eigentlich muss ich los, aber nun haben Sie mich neugierig gemacht.«

Jana lehnte sich zurück und sah Katja fragend an. »Wenn Sie an eine rote Ampel kommen, was tun Sie?«

»Was ist das für eine Frage? Ich bleibe stehen!«

»Aber was ist, wenn Sie es an dem Tag besonders eilig haben? Sie kennen das doch. Termindruck! Der Kalender quillt über! Tausend Dinge, die zu erledigen sind! Was dann?«

Katja zuckte mit den Schultern.

»Ich bleibe trotzdem stehen, wenn auch ziemlich genervt«, antwortete sie.

»Genau! Sie bleiben stehen! Und egal, ob Sie hektisch mit den Füßen scharren, nervös auf Ihre Uhr schauen oder fluchen, das verdammte Ding bleibt rot. Eine solche Ampel müsste es auch in unseren Köpfen geben.«

»In unseren Köpfen«, wiederholte Katja irritiert. »Wieso in unseren Köpfen?«

»Um das zu erklären, müsste ich etwas ausholen.«

»Kein Problem. Ich bin ganz Ohr!«

Jana warf einen kurzen Blick auf ihre Schwester, dann wandte sie sich wieder Katja zu.

»Christine führte ein sehr stressiges Leben. Vollzeitjob, Ehe, zwei Kinder, eine pflegebedürftige Schwiegermutter. Jedem versuchte sie es recht zu machen, bis sie vor zwei Jahren zusammenbrach. Doch selbst dann redete sich meine Schwester alles schön und gestand sich die Überlastung nicht ein. Allein ihrem hartnäckigen Hausarzt haben wir es zu verdanken, dass sie letztendlich doch in eine Kur einwilligte. Die Erholung hat ihr gutgetan und sie entdeckte in dieser Zeit ihre Leidenschaft für das Schreiben von Briefen und Gedichten. Es wurde zu Christines Ruhepol in der alltäglichen Hektik. Sie nennt es ihre rote Ampel, vor der die Hektik stehenbleiben muss und die Ruhe grünes Licht bekommt.«

»Heutzutage ist ein handgeschriebener Brief etwas Besonderes«, erwiderte Katja anerkennend.

»Oh ja, da haben Sie Recht! Was nicht heißen soll, dass ich E-Mails und SMS verachte. Ist wirklich klasse, dass wir in Bruchteilen von Sekunden mit Freunden verbunden sein können, die am anderen Ende der Welt leben. Aber wie stark fühlen wir uns innerlich noch verbunden? Das Miteinander wird immer unpersönlicher – wichtig ist nur, dass es schnell geht. Und das tut es! Trotzdem haben die Menschen scheinbar immer weniger Zeit. Eigenartig, oder?«

Katja nickte.

»Stimmt! Sogar eine SMS wird mittlerweile zeitsparend gekürzt. Immer öfter lese ich Hdl und Vlg.«

»Genau«, bestätigte Jana und rollte mit den Augen. »Wir nehmen uns nicht mal mehr die Zeit, in ganzen Sätzen zu schreiben, dass wir jemanden lieben oder ihn grüßen – aber um auf die rote Ampel zurückzukommen«, fuhr sie fort. »Wenn Sie mal wieder herumhetzen und versuchen, tausend Dinge auf einmal zu erledigen, dann möchte ich Ihnen folgenden Rat geben: Schalten Sie Ihre innere Ampel auf Rot! Bleiben Sie stehen! Atmen Sie durch!«

»Vielleicht ist die Herumhetzerei auch der Grund, weshalb die Leute immer unzufriedener werden«, sagte Katja nachdenklich. »Natürlich gibt es Situationen, über die man sich zu Recht aufregt. Aber ich kenne viele, die wirklich über alles schimpfen und immer nur schwarzsehen.«

Jana nickte zustimmend. »Dieser Winter zum Beispiel. Natürlich hatten wir mit glatten oder matschigen Straßen zu kämpfen. Ständig

18

habe ich die Leute darüber jammern hören. Aber es gab auch schöne Tage. Darüber verlor kaum einer ein Wort. Vielleicht liegt es an dem Druck, unter dem wir alle stehen. Immer schneller, weiter, höher! Da bleibt nicht mehr viel Zeit, die schönen Dinge des Lebens wahrzunehmen. Manche davon erkennt man vielleicht erst auf den zweiten Blick.«

»Und für den haben viele nicht mehr die Zeit«, fügte Katja hinzu und zuckte hilflos mit den Schultern.

»Haben wir sie nicht, oder nehmen wir sie uns nicht? Vor kurzem habe ich einer Freundin vorgejammert, wie viel ich noch zu tun hätte und wie wenig Zeit ich doch hätte. Wissen Sie, was sie sagte? Ich hätte jeden Tag 24 Stunden, wie jeder andere Mensch auch. Was ich daraus machen würde, läge allein an mir, nicht an der Zeit.«

Katja lachte laut auf. »Ein paar Stunden extra wären nicht schlecht.«

»Glauben Sie wirklich, das würde etwas ändern?«, fragte Jana. »Glauben Sie wirklich, wir würden in diesen zusätzlichen Stunden zur Ruhe kommen und nur tun, was uns Freude bereitet?«

»Sehr wahrscheinlich nicht«, winkte Katja ab. »Ist auch sinnlos, darüber nachzudenken. Niemand kommt und schenkt uns zusätzliche Zeit.«

»Brauchen wir auch nicht! Es würde doch schon reichen, wenn wir von den Stunden, die uns zur Verfügung stehen, mal die ein oder andere nutzen würden, um unserer Seele etwas Gutes zu tun!«

»Wenn das so einfach wäre«, seufzte Katja und schaute auf die Uhr. »Nun muss ich wirklich langsam los.«

»Entschuldigen Sie, dass ich so viel geredet habe«, sagte Jana.

»Alles okay, Frau Baumann! Ich fand es sehr interessant, besonders das, was Sie mir über die rote Ampel erzählt haben.«

Katja nickte Jana freundlich zu und warf noch einen Blick auf ihre schlafende Patientin bevor sie das Zimmer verließ.

Am nächsten Morgen war Katja sehr früh auf den Beinen. ›Schnell einen Kaffee, zwei Toast und dann den Papierkram für den Steuerberater zusammensuchen‹, dachte sie, während sie in die Küche ging und dabei ihre Bluse zuknöpfte. Dann schaltete sie das Radio ein und holte die Packung mit den Kaffeekapseln aus dem Schrank.

»7 Uhr 12!«, informierte der Radiomoderator gut gelaunt. »Heute ist Montag, der 29. Februar! Nicht vergessen, das Jahr schenkt Ihnen diesen zusätzlichen Tag! Was machen Sie daraus? Gönnen Sie sich heute etwas Besonderes? Oder ist dieser Tag für Sie ein Tag wie jeder andere? Rufen Sie mich an und berichten!«

Katja starrte auf das Radio, als hätte sie einen Geist gesehen. Hatte sie sich nicht erst gestern darüber beklagt, dass man keine zusätzliche Zeit geschenkt bekam? Und nun? Nun bekam man sogar einen ganzen Tag!

»Steuerberater, Fenster putzen, bügeln – was soll ich mir schon Besonderes gönnen?«, murmelte sie und wandte sich wieder der Packung mit den Kaffeekapseln zu. Doch plötzlich zögerte sie und stellte schließlich die Packung zurück. »Zur Feier des Tages gönne ich mir eine heiße Schokolade! Und ich werde sie in Ruhe genießen«, befahl sie sich selbst. »Frau Baumann, Sie wären stolz auf mich.« Katja setzte einen Topf mit Milch auf, nahm ein paar Esslöffel davon ab und verrührte sie mit Kakao und Zucker. Als die Milch kochte, zog sie den Topf vom Herd und rührte die glänzende Kakaomasse hinein. Sofort färbte sich das Weiß in ein warmes Braun und ein köstlicher Schokoladenduft stieg in ihre Nase. Allein die

Zubereitung war bereits der pure Genuss! Katja füllte ihren Lieblingsbecher, schob den Schaukelstuhl ans Wohnzimmerfenster und legte ihre Füße auf den warmen Heizkörper. Entspannt wölbte sie die Hände um den Becher und sah hinaus. Es stand keine Wolke am Himmel und in den Baumkronen hatten sich die ersten Sonnenstrahlen verfangen. Sie nippte an der heißen Schokolade und dachte an das Gespräch mit Jana Baumann. Was wäre, wenn sie an diesem Tag die Ampel auf Rot schalten würde? Die Sonne und der blaue Himmel schrien geradezu nach einem Spaziergang durch den Park. Entschlossen stand Katja auf, sagte den Termin beim Steuerberater ab und stellte die Bügelwäsche in den Schrank zurück. Sie schlüpfte in Stiefel und Daunenjacke, wickelte sich ihren Wollschal um und machte sich auf den Weg in den nahegelegenen Park.

Fast zwei Stunden war sie spazieren gegangen. Hin und wieder hatte sie sich auf eine Bank gesetzt, die Augen geschlossen und ihr Gesicht genüsslich in die Sonne gehalten, während sie überlegte, womit sie den Tag verbringen könnte. Es war ungewohnt, Zeit zu haben. Sollte sie den Fernseher einschalten oder lesen? Katja ließ ihre Gedanken schweifen und plötzlich fiel ihr etwas ein, was sie schon seit Jahren machen wollte und aus Zeitmangel immer wieder aufgeschoben hatte. Es handelte sich dabei um eine echte Herzensangelegenheit. Und so spazierte Katja direkt zum nächsten Supermarkt und kehrte nach ihrem Einkauf mit roten Wangen und einem entspannten Lächeln nach Hause zurück. Dort legte sie ihre Lieblings-CD ein und packte zum Gesang von Elton John all die Köstlichkeiten aus, die sie gekauft hatte. Marzipan, Vanilleschoten, gemahlene Mandeln und Haselnüsse, Kuvertüre, Nougat und noch einiges mehr. Katja hatte schon immer gerne gebacken, doch seit einer Ewigkeit war sie nicht mehr dazu gekommen. Doch nun rührte sie verschiedene Teige an und als erstes wanderten Nussplätzchen in den Ofen, die nach kürzester Zeit einen herrlichen Duft verbreiteten. Ihnen folgten Vanillekipferl, Mandelhörnchen, Spritzgebäck und Nougatstangen. Zuletzt füllte Katja eine Muffinform mit Schokoladenteig. Gerade hatte sie die Form in den Ofen geschoben, da klingelte das Telefon.

»Hallo Mama! Rate mal, was ich heute gemacht habe«, forderte sie ihre Mutter begeistert auf.

»Hallo mein Schatz!«, vernahm sie die Stimme ihrer erstaunten Mutter. Woher weißt du, dass ich es bin? Aach, ich weiß! Ich erscheine auf dem Display.«

»Ganz genau, Mama. Also, was habe ich heute gemacht?«

»Du warst heute beim Steuerfritzen. Oder nicht?«

»Kleine Planänderung! Ich habe Kekse gebacken! Vier verschiedene Sorten und Mandelhörnchen. Muffins sind gerade im Ofen.«

»Ach du liebe Güte! Wer soll das denn alles essen?«

»Die Kleinen auf der Kinderstation«, erwiderte Katja. »Du weißt doch, dass ich schon lange vorhabe, ihnen eine Freude zu machen. Es wird mir einen riesigen Spaß bereiten! Ich kann es kaum erwarten, ihre Augen zu sehen. Morgen geht's los«, erklärte sie aufgeregt.

Nach dem Telefonat mit ihrer Mutter konnte Katja die Muffins aus dem Ofen holen und stellte sie zum Abkühlen auf ein Gitter. Dann kochte sie sich eine Tasse Kaffee, nahm sich zwei Vanillekipferl und setzte sich im Schlafzimmer auf die breite Fensterbank. Sie liebte diesen Platz! Statt Blumentöpfe hatte sie dort Kissen dekorativ platziert, die sie bei Bedarf zusammenschob. Sie hatte von dort aus einen wunderbaren Blick nach vorne auf die Straße. Irgendwas gab es immer zu sehen. Jetzt war es Filou, der Bobtail ihrer Nachbarin, der sich abwechselnd im Schnee wälzte und anschließend kräftig schüttelte. Sein Frauchen, eine urige alte Dame, amüsierte sich köstlich darüber. Dass es immer kräftiger schneite, störte keinen von beiden. ›Der Winter hat auch seine schönen Seiten‹, dachte Katja und schmunzelte. Gerade als sie aufstehen wollte, um sich einen zweiten Kaffee zu holen, sah sie Marina Seifert um die Ecke kommen. Die junge Frau war mit ihren drei Kindern erst vor kurzem ins Mehrfamilienhaus eingezogen. Von einer Nachbarin hatte Katja erfahren, dass Marina alleinerziehend war. Ihr Mann hatte sie kurz nach der Geburt des Jüngsten sitzengelassen und sie musste jeden Cent umdrehen, da er keinen Unterhalt zahlte.

Katja beobachtete, wie die junge Frau angestrengt den Kinderwagen durch den hohen Schnee schob, während ihr fünfjähriger Sohn Luke an ihrem Arm zerrte. Nur Emma, seine Zwillingsschwester, lief brav nebenher. Mitfühlend betrachtete Katja die kleine Familie und ihr kam ein Gedanke. Sie stand auf, ging in die Küche und schmolz etwas Kuvertüre. Dann verteilte sie sie auf den Muffins und streute bunte Streusel darüber. Als die Schokolade getrocknet war, setzte Katja die Muffins auf einen Teller, um damit hinunter zu Marinas Wohnung zu gehen.

Sie klingelte zweimal. Es dauerte nicht lange, bis sie Schritte hörte und Emma die Tür einen Spaltbreit öffnete.

»Meine Mama ist nicht da. Wer bist du denn?«

»Ich bin Katja und wohne über euch. Wir haben uns schon oft auf der Treppe gesehen. Du bist Emma, stimmt's?«

Die Kleine nickte.

»Meine Mama ist mit Ben beim Doktor. Ben ist mein kleiner Bruder und der hat ganz tüchtig Fieber und Luke guckt fernsehen«, erklärte Emma, während sie mit großen Augen auf die Muffins starrte. »Die sehen toll aus! Ich mag so was ganz doll. Ben noch nicht, der hat noch keine Zähne.«

Katja konnte sich ihr Schmunzeln kaum verkneifen.

»Na, da habe ich ja Glück, das du sowas magst. Ich habe heute nämlich ganz viele Muffins gebacken und möchte euch ein paar davon schenken.«

»Wir haben aber ja gar nicht Geburtstag oder so.«

»Ich würde sie euch trotzdem gerne schenken.«

»In echt?«

»In echt!«, wiederholte Katja lachend.

»Cool«, rief Emma und hüpfte ein paar Mal auf und ab.

»Aber du musst mir etwas versprechen! Ihr zwei wartet, bis eure Mama zurück ist, bevor ihr davon nascht!«

Emma nickte aufgeregt

»Versprochen!« Ihre Augen strahlten, als sie den Teller nahm und ihn vorsichtig in die Küche trug. Katja sah ihr kurz nach, dann zog sie die Tür wieder zu und ging zurück in ihre Wohnung.

Schon lange hatte sie sich nicht mehr so gut gefühlt wie in den letzten Stunden. Nun freute sie sich darauf, am kommenden Tag in der Klinik ihre Kekse auf der Kinderstation zu verteilen. Doch bevor sie nun diesen Tag bei einem Glas Rotwein ausklingen ließ, gab es noch etwas zu tun. Sie war sich sicher, Jana würde sich über eine kleine Aufmerksamkeit freuen! Und so nahm Katja eine der gefüllten Keksdosen, schlug sie in dunkelrotes Geschenkpapier ein und band eine weiße Schleife darum. Dann nahm sie einen Block und schrieb ein paar Zeilen.

29. Februar 2016

Liebe Frau Baumann,

von ganzem Herzen möchte ich Ihnen noch einmal für unser nettes Gespräch danken. Ob Sie es glauben oder nicht, heute habe ich mir Zeit genommen – ein paar Stunden, nur für mich. Ich habe meine Lieblingsmusik gehört, nach Herzenslust gebacken und einen ausgiebigen Spaziergang durch den Park gemacht. Die Sonne schien, es war herrlich. Zwischendurch habe ich mich auf eine Bank gesetzt und die klare Luft und die Stille genossen, die mich umgab. Es versetzte mich in eine Stimmung, die ich nicht beschreiben kann. Man braucht gar nicht so viel, um zufrieden zu sein. Manchmal reicht ein Wintertag …

Alles Liebe
Ihre Katja Siemer

Der erste Schnee

Christine Hoffmann lehnte sich zurück an ihr Kissen, wölbte ihre Hände um den Becher und blies in den heißen Kaffee, bevor sie vorsichtig einen Schluck davon nahm. Genüsslich schloss sie die Augen und ließ ihren Kopf entspannt nach hinten sinken. ›Ein Frühstück im Bett! Wann habe ich mir das zum letzten Mal gegönnt?‹, dachte sie und genoss lächelnd die Stille um sich herum. Doch dann klingelte das Handy und Christine verzog gequält ihr Gesicht. ›Die Firma‹, schoss es ihr durch den Kopf. ›Sicher ist eine Kollegin krank und ich muss einspringen.‹ Widerwillig stellte sie den Becher auf ihr Frühstückstablett ab und griff nach ihrem Handy. Als sie den Namen ihrer besten Freundin auf dem Display entdeckte, entspannten sich ihre Gesichtszüge augenblicklich.

»Guten Morgen Insa! Du hast mich soeben aus meinen schönsten Träumen gerissen.«

»Neee, oder?«, stieß ihre Freundin entsetzt hervor. »Erzähl mir nicht, du liegst noch im Bett!«

»Na klar, warum nicht? Ich bummle Überstunden ab.«

»Ich weiß, dass du heute frei hast. Aber du kannst doch nicht bis mittags in der Kiste liegen. Hast du nichts zu tun?«

»Bis mittags?« Christine warf einen Blick auf ihren Wecker. »Es ist erst kurz vor zehn und es ist Freitag. Ich habe noch das ganze Wochenende, um was zu erledigen.« Christine lächelte entspannt, ließ sich wieder zurück in ihr Kissen sinken und zog die Daunendecke höher.

»Soll das heißen, du bleibst heute im Bett?«

»Quatsch! Aber draußen ist es saukalt und wie du weißt, habe ich arbeitsreiche Tage hinter mir, da kann ich es doch heute etwas ruhiger angehen lassen, oder nicht? Werde gleich erstmal ausgiebig duschen und anschließend in Kuschelsocken, Jogginghose und Schlabber-Wohlfühl-Pulli schlüpfen.«

»Aha, und dann?«

Christine rollte mit den Augen.

»Wie ›und dann‹? Muss es immer ein ›und dann‹ geben?«

»Nun mach hier nicht auf Mrs. ›super-entspannt‹. Du kannst doch gar nicht rumhängen und nichts tun.«

»Warum nicht?« Christine zuckte mit den Schultern. »Heute lasse ich mich treiben. Mal schauen, was der Tag so bringt. Vielleicht überrascht er mich!«

»Okay! Dann lasse ich dich jetzt besser in Ruhe, damit du dich weiter treiben lassen kannst«, erwiderte Insa sarkastisch. »Bin gespannt, wo's dich hintreibt.«

»Ja, wer weiß?« Christine lächelte zuversichtlich als ahnte sie, dass an diesem Wochenende etwas Besonderes auf sie wartete …

»Nun hinein in deine Wohlfühl-Klamotten«, murmelte sie, als sie sich nach dem Duschen anzog. Dann schlenderte sie in die Küche und zog die Jalousien hoch. »Ach du Schreck!« Mit flachen Händen schlug sie sich auf ihre Wangen. »Hat es schon wieder die ganze Nacht geschneit? Das nimmt ja gar kein Ende!« Wie weißes Leinen überzog eine dicke Schneeschicht den gesamten Vorgarten. Auf der Hecke türmten sich locker dreißig Zentimeter dieser weißen Pracht. Die Straße der kleinen Wohnsiedlung war bereits geräumt, doch für den Teil des Gehweges vor ihrem Haus und der Garageneinfahrt war Christine verantwortlich. »Tja, dann mal ran an die

Schippe«, seufzte sie, tauschte Jogginghose und Socken gegen Jeans und Boots, wickelte sich ihren dicken, langen Wollschal mehrfach um den Hals, zog ihre Daunenjacke über und verließ das Haus. »Hallo, Herr Benecke! Frau Holle hat's gut mit uns gemeint«, rief sie ihrem Nachbarn fröhlich zu. Er war um die achtzig und ein freundlicher alter Herr. Er hatte den Gehweg vor seinem Haus bereits freigeschaufelt und verteilte nun gewissenhaft Streusalz.

»Guten Morgen, Frau Hoffmann! Müssen Sie heute gar nicht arbeiten?«

»Nein, heute habe ich frei und werde nichts machen. Absolut gar nichts«, antwortete Christine, während sie auf ihn zuging.

»SIE?« Verblüfft hob er seine Augenbrauen. »Glaub ich nicht. Sie wären doch todunglücklich, wenn Sie nichts um die Ohren haben.«

»Nein, dieses Mal ruhe ich mich aus. Wirklich! Werde schließlich auch nicht jünger«, scherzte Christine und zwinkerte ihm zu. Herr Benecke lachte laut und schob dabei seine Wollmütze aus der Stirn.

»Wenn ich das mit meinen 81 sage, aber doch nicht Sie Küken? Sie könnten meine Enkelin sein und …«, er hielt inne und sah an Christine vorbei, die Straße entlang. »Ach du Schreck!«, stieß er hervor. Christine folgte seinem Blick und traute ihren Augen nicht. Eine schmächtige alte Dame, nur mit einem Pulli und einer dünnen Stoffhose bekleidet, kämpfte sich mit ihrem Rollator durch den Schnee.

»Oh mein Gott, wie läuft die denn rum!« Christine schaute ihren Nachbarn entsetzt an. »Wieso trägt sie keine Jacke?«

»Das ist Auguste Ellert! Aber alle nennen sie Gusti«, erklärte Herr Benecke und schob seine Mütze wieder tiefer ins Gesicht. »Ich befürchte, sie will zur Schule und Röllchen verteilen.«

»Aber wieso ist sie nicht vernünftig angezogen?«, fragte Christine fassungslos. »Die Arme muss sich ja totfrieren.« Dann stutzte sie, wandte ihren Blick von der alten Dame ab und sah ihren Nachbarn fragend an. »Was für ›Röllchen‹?«

Gespielt ernst stemmte er eine Hand in die Hüfte.

»Sie kennen die Röllchen nicht?«

Schuldbewusst verzog Christine ihr Gesicht.

»Sollte ich?«

»Na ja, sagen wir mal so, wenn Sie sie nicht kennen, dann ist Ihnen was entgangen! Die Dinger sind einfach lecker!«

»Und woraus sind diese … ›Dinger‹?«

»Es sind Anis-Waffeln! Ist ein altes Rezept aus Ostfriesland, eine echte Köstlichkeit«, erklärte er und verdrehte genüsslich seine Augen.«

»Und wieso heißen die Röllchen?«

»Weil sie nach dem Backen aufgerollt werden. Manche rollen sie auf wie eine Eiswaffel und andere, so wie unsere Gusti, rollt sie einfach nur auf. Wer mag, kann sie mit Schlagsahne füllen, aber sie schmecken auch ohne!«

»Hört sich verlockend an.« Dann runzelte Christine irritiert die Stirn. »Aber in welcher Schule will sie sie verteilen? Hier ist doch weit und breit keine. Ich wohne zwar erst seit knapp zwei Jahren in dieser Straße, aber eine Schule wäre mir ganz sicher aufgefallen.«

Der alte Mann winkte ab.

»Die Grundschule gibt es schon seit über 20 Jahren nicht mehr. Aber damals, als die Gusti noch jung war, gab es hier eine. Und direkt daneben hatten Gusti und ihr Mann Karl fast dreißig Jahre eine Bäckerei.« Der alte Mann betrachtete Gusti gedankenverloren und lächelte. »Jeden Winter, am letzten Schultag vor den Weihnachtsferien, stellte sie sich vor ihren Laden und verschenkte ihre selbstgebackenen Röllchen. Jedes Kind bekam eins mit auf den Heimweg.« Dann wandte er sich wieder Christine zu. »Die beiden hatten sich so sehr eigene Kinder gewünscht, aber es sollte nicht sein«, erklärte er wehmütig. »Karl ist vor einigen Jahren gestorben. Und die Bäckerei und die Schule gibt es schon lange nicht mehr, nur für Gusti existieren sie noch.«

»Wieso das denn? Sie muss doch wissen, dass beides nicht mehr …« Christine stockte und sah kurz zwischen Gusti und Herrn Benecke hin und her. »Sie ist dement, oder?«, fragte sie schließlich. Der alte Mann nickte.

»Ich nehme an, sie hat aus dem Fenster geschaut, den Schnee gesehen ist sofort losgelaufen. Es ist nun mal so. Sobald Gusti den ersten Schnee sieht, will sie zu ihren Kindern und Röllchen verteilen, weil …«

»Den ersten Schnee?«, stieß Christine hervor. »Wir schneien bereits seit letzter Woche regelmäßig ein. Das war in den letzten Tagen kaum zu übersehen.«

»Das stimmt. Aber ich glaube, wenn man dement ist, sieht man nicht mit den Augen, sondern mit dem Herzen. Und Gustis Herz wünscht sich nun mal, es sei der erste Schnee, weil er für sie immer etwas ganz Besonderes war. Er läutete die Weihnachtszeit ein, die sie so sehr liebte. Daran hat sich bis heute nichts geändert. Auch ihre Krankheit hat es nicht geschafft, ihr das zu nehmen. Lassen wir sie also in dem Glauben, es sei der erste Schnee! Einverstanden?« Christine nickte und zog den Kragen ihrer Jacke enger.

»Da sie nicht richtig angezogen ist, nehme ich an, dass niemand weiß, dass sie hier draußen herumirrt.«

»Das befürchte ich auch. Sie wohnt in dem Altenheim, oben am Ende der Straße. Es ist nicht weit. Macht es Ihnen etwas aus, Gusti zurückzubringen?«

»Würde sie denn mit mir gehen?«

»Ganz sicher! Sie ist eine sehr liebe und ruhige Frau. Normalerweise läuft sie nicht davon, doch der Winter weckt nun mal eine tiefe Sehnsucht in ihr.«

»Die Sehnsucht nach ›ihren Kindern‹«, seufzte Christine mitfühlend und drehte sich zu der alten Dame um, die mittlerweile dicht hinter ihr stand. Erst jetzt erkannte Christine, dass Gusti nur Filzpantoffeln trug, die bereits völlig durchnässt waren. »Guten Morgen. Ich bin Christine«, stellte sie sich vor. »Herr Benecke hat mir erzählt, dass Sie wunderbar backen können.«

Gustis blassblaue Augen weiteten sich.

»Oh ja, wir haben eine Bäckerei!« Ein Strahlen legte sich auf ihr schmales Gesicht, ein Gesicht, dessen tiefe Falten von einem sorgenvollen und arbeitsreichen Leben erzählten. Sie trug ihr dünnes graues Haar locker zu einem Knoten hochgesteckt, aus dem sich seitlich eine Strähne gelöst hatte. Christine stellte entsetzt fest, dass Gustis schmale Lippen bereits bläulich schimmerten. Sofort zog sie ihre Jacke aus und legte sie der alten Dame über die Schultern.

»Möchten Sie mir von Ihrer Bäckerei erzählen?«

»Alle kaufen bei uns Kuchen«, erwiderte Gusti stolz.

»Das freut mich!« Sanft streichelte sie über Gustis Hand, die fest um den Griff des Rollators lag und eiskalt war. »Es ist heute wirklich bitterkalt. Was halten Sie davon, wenn ich Sie mit dem Auto nach Hause bringe und dabei erzählen Sie mir von Ihrer Bäckerei. Wie wäre das?«

»Ja«, erwiderte Gusti kurz, während sie ein Papiertaschentuch aus ihrer Hosentasche zog und sich die Nase putzte. Christine warf Herrn Benecke einen kurzen Blick zu, dann holte sie den Wagen aus der Garage, half der alten Dame beim Einsteigen und verstaute den Rollator im Kofferraum.

Als sie im Altenheim eintrafen, herrschte helle Aufregung. Gusti wurde bereits vermisst. Umso erleichterter waren alle, als Christine mit ihr zur Tür hereinkam.

»So etwas darf natürlich nicht passieren«, entschuldigte sich die Heimleiterin Frau Kührten. »Wir tun unser Möglichstes, doch wir haben einfach zu wenig Pflegepersonal. Leider können wir nicht immer so intensiv achtgeben und uns um die alten Menschen kümmern, wie wir es gerne täten«, bedauerte sie, streichelte Gustis Hand und sah sie liebevoll an. »Sie wollten unbedingt hinaus in den Schnee, nicht wahr? Daran hätten wir denken müssen.« Eine Pflegerin näherte sich und nahm Gusti an die Hand.

»Ich helfe Ihnen beim Umziehen. Ihr Pulli ist ganz feucht, genauso wie Ihre Schuhe. Sie ziehen sich jetzt etwas Warmes an und dann gibts einen heißen Tee.« Gemeinsam spazierten sie zum Aufzug, doch plötzlich drehte sich Gusti um.

»Sie müssen mitkommen«, rief sie Christine zu, »wir wollen doch backen.« Christine schluckte und warf der Heimleiterin einen hilfesuchenden Blick zu.

»Ein anderes Mal!«, ergriff Frau Kührten das Wort. »Heute geht es leider nicht.« Dann trat sie näher an Christine heran. »Machen Sie sich keine Gedanken. Sie hat es gleich wieder vergessen«, flüsterte sie. Doch Christine versetzte es einen Stich ins Herz, als sie sah, wie Gusti sich enttäuscht abwandte.

»Ich hatte zwar nicht gesagt, dass ich mit ihr backen wollte, aber dürfte ich das denn? Hier im Heim mit ihr backen, meine ich?«, fragte Christine interessiert.

»Natürlich, wir freuen uns immer, wenn sich jemand Zeit für unsere Bewohner nimmt.«

Christine überlegte kurz, während sie Gusti hinterher sah, dann nickte sie entschlossen.

»Gut! Dann werde ich das tun. Wir backen Röllchen!«

»Sagen Sie bloß, Gusti hat Ihnen von ihren legendären Röllchen erzählt.«

Christine schüttelte den Kopf.

»Mein Nachbar war es.«

»Die Dinger sind anscheinend stadtbekannt«, erwiderte Frau Kührten schmunzelnd. »Kennen Sie denn das Rezept?«

»Machen Sie Witze?« Christine hob die Augenbrauen. »Bis vor einer Stunde wusste ich noch nicht mal, dass es diese Röllchen gibt.«

»Ich weiß, dass unsere Köchin das Rezept hat. Wenn Sie einen Moment Zeit haben, besorge ich es.«

»Sehr gerne! Dann kann ich gleich die Zutaten einkaufen und heute Nachmittag wiederkommen. Oder ist das zu kurzfristig?«

»Überhaupt nicht! Sie können gerne loslegen.«

»Es gibt nur ein Problem.«, wandte Christine ein. »Ich habe kein Hörncheneisen.«

»Aber wir!« Frau Kührten lächelte entspannt. »Daran soll's nicht scheitern. Wenn Sie heute Nachmittag kommen, wird das Eisen bereitstehen.«

Gegen vier betrat Christine die Gemeinschaftsküche des Altenheimes, wo Gusti ganz allein am Tisch saß und ihren Tee trank. Christine hatte den Teig bereits zubereitet, da er laut Rezept mindestens zwei Stunden ruhen musste, bevor man ihn weiterverarbeitete.

»Da bin ich«, begrüßte sie die alte Dame, holte die Schüssel aus ihrer Tasche und stellte sie zu dem Hörncheneisen, welches wie versprochen auf dem Tisch stand. »Jetzt werden wir leckere Röllchen backen!« Irritiert und wortlos starrte Gusti sie an. Christine nahm einen Stuhl und setzte sich zu ihr. »Wir zwei wollen doch gemeinsam backen.« Sie öffnete die Schüssel und ein zarter Anisgeruch stieg auf. Gusti betrachtete skeptisch die winzigen schwarzen Punkte, die in dem goldgelben Teig schwammen. Christine schaltete das Hörncheneisen ein und reichte Gusti einen Esslöffel. Verwundert stellte Christine fest, dass sie gar nichts erklären musste. Sofort tauchte Gusti den Löffel in den Teig, öffnete das Eisen, gab eine Portion hinein und schloss es wieder. Es zischte kurz, dann dampfte es kräftig und ein süßlich-aromatischer Duft stieg auf, der ganz leicht an Lakritze erinnerte. Als ein Signal ertönte, ein leises Piepen, kam Christine der alten Dame sicherheitshalber zuvor, öffnete das Eisen, holte das heiße Gebäck vorsichtig heraus und rollte es mit spitzen Fingern auf. »Mache ich das richtig?«

»Ja, Sie machen das sehr gut.« Gusti strahlte übers ganze Gesicht, nahm wieder etwas Teig und ließ ihn auf dem Eisen zerlaufen.
Zwei Stunden vergingen und schließlich lagen 42 Röllchen in einer dunkelroten, weihnachtlich verzierten Keksdose. Während Christine das Eisen säuberte, schaute sie hin und wieder zu Gusti hinüber, die am Küchenfenster stand und verträumt den Schneeflocken zusah, die im Schein der Straßenlaternen tanzten. Christine fragte sich, ob

sie vielleicht an die Bäckerei und an ›ihre Kinder‹ dachte und plötzlich kam ihr ein wunderbarer Gedanke …

Nach Absprache mit der Pflegeleitung erschien Christine am nächsten Tag gegen Mittag erneut im Altenheim.

»Gusti hat heute einen richtig guten Tag. Wir haben ihr gesagt, dass Sie den Nachmittag mit ihr verbringen wollen«, erklärte eine der Pflegerinnen und warf Christine einen anerkennenden Blick zu. »Sie sind ihr tatsächlich im Gedächtnis geblieben!«

»Das nehme ich als Kompliment«, erwiderte Christine gerührt und sah zu der alten Dame hinüber, die mit ihrem Rollator den Flur entlangspazierte. »Ich freue mich, Sie wiederzusehen«, begrüßte Christine sie. »Wir fahren jetzt zu mir und machen uns ein paar schöne Stunden. Was halten Sie davon?« Gusti schwieg und nickte nur leicht, doch das Strahlen in ihren Augen sagte alles.
Nachdem Christine ihrem Gast ins Auto geholfen und den Rollator im Kofferraum verstaut hatte, ging's los. Sie fuhr die kurze Strecke so langsam wie möglich, denn sie wusste, Gusti konnte nicht genug bekommen von der weißen Landschaft um sie herum.

»Wissen Sie was, wir lassen Ihren Rollator da, wo er ist«, entschied Christine, nachdem sie ihren Wagen in der Garage abgestellt hatte. »Wir zwei kriegen das auch so hin.« Entschlossen stieg sie aus, ging um den Wagen herum und öffnete die Beifahrertür.

»Das ist eine gute Idee.« Gusti nickte kurz. »So machen wir das. Diese blöde Karre mag ich sowieso nicht«, wetterte sie und hakte sich bei Christine unter. Als sie aus der Garage traten blieb die alte Dame plötzlich stehen und betrachtete den schneebedeckten Vorgarten als hätte sie nie zuvor etwas Schöneres gesehen.

»Der erste Schnee«, hauchte sie. Und als hätte der wolkenschwere Himmel nur auf diesen Moment gewartet, brach er auf und gab ein Stück der Sonne frei. Ihre Strahlen ließen den Schnee funkeln und glitzern wie winzige Sterne. ›Hin und wieder gibt es sie noch, diese magischen Momente im Leben, die man nie vergessen wird‹, dachte Christine, während sie die alte Dame verstohlen von der Seite betrachtete – deren Augen leuchteten, wie die eines Kindes am Weihnachtsabend. Wie verzaubert stand sie da – verzaubert von der Magie des Winters.

»Na kommen Sie«, sagte Christine nach einer Weile, »ich habe hinter dem Haus einen Garten, den ich Ihnen gerne zeigen möchte.« Gusti hakte sich fester unter und die beiden stapften vorsichtig weiter. Bei jedem Schritt gab der Schnee unter ihren Stiefeln knirschend nach, was die alte Dame sichtlich genoss. Sie gingen am Haus entlang, bis sie an eine Pforte kamen, die halb offenstand. »Es sind nur noch ein paar Schritte. Wir haben es gleich geschafft.«

»Karl und ich, wir haben übrigens auch einen Garten. Die meisten lieben ihren Garten nur im Sommer, wenn er bunt und voller Leben ist. Aber wir finden ihn auch im Winter wunderschön. Er schenkt uns dann so viel.«

»Der Garten im Winter schenkt uns viel?« Christine kräuselte die Stirn. »Was schenkt er uns denn, außer kahler Bäume und Trostlosigkeit?«

»Der Winter macht aus einem Garten einen Ort der Stille. Alles ruht aus und sammelt neue Kräfte. Du musst dir ab und zu die Zeit nehmen und diesen Anblick genießen. Glaube mir, du wirst spüren, wie auch du zur Ruhe kommst. Nimm es an, wie ein Geschenk, das dir der Winter macht. Ein Geschenk für deine Seele.«

»So habe ich es noch nie gesehen«, erwiderte Christine nachdenklich.«

Mahnend hob die alte Dame den Zeigefinger.

»So ist das, wenn man nur die kahlen Bäume sieht, dann nimmt man die kostbare Botschaft des Winters nicht wahr.« Dann zog Gusti einen ihrer Handschuhe aus und streichelte sanft über Christines Wange. »Ziehe dich von Zeit zu Zeit zurück und gönne dir Ruhe, so wie ein Garten im Winter.«

»Das werde ich tun«, erwiderte Christine gerührt. »Nun lassen Sie uns weitergehen. Ich habe eine Überraschung für Sie.«

»Ich auch«, erwiderte Gusti und strahlte. Sie griff in ihre Manteltasche und zog einen aufgerollten Papierbogen hervor, der mit einer roten Schleife gebunden war. »Das ist für Sie!«

»Für mich?« Verblüfft sah sie Gusti an.

»Zur Erinnerung an unsere schöne Zeit.«

Christine nahm ihr den Bogen ab und löste die Schleife.

»Das ist ja Ihr Röllchen-Rezept!«, stellte sie überrascht fest.

»Genau! Das bekommt nicht jeder von mir. Ich gebe es nur an ganz besonders liebe Menschen weiter.«

Christine schluckte und nahm die alte Dame fest in den Arm.

»Ich danke Ihnen«, seufzte sie gerührt. Dann ließ sie wieder von ihr ab und die beiden Frauen setzten ihren Weg fort, der noch ein kleines Stück am Haus entlangführte. An der Ecke blieb Christine schließlich stehen und deutete mit einer kurzen Kopfbewegung in ihren Garten. »Und dies ist mein Geschenk an Sie.«

»Meine Kinder«, jauchzte Gusti und schlug begeistert die Hände zusammen. Sie strahlte. »Da sind ja alle meine Kinder!« Wie gebannt sah sie den Kleinen zu, die fröhlich herumtobten. Sie waren nicht älter als fünf oder sechs, trugen bunte Jacken und Mützen und steckten in dicken Stiefeln. Einige bewarfen sich mit Schneebällen, während andere fröhlich plappernd einen Schneemann bauten. Alle jubelten, als es plötzlich leicht zu schneien begann. Ein kleines Mädchen legte ihren Kopf in den Nacken, kniff die Augen fest zusammen und ließ auf ihrer weit herausgestreckten Zunge Schneeflocken schmelzen.

»Das machen die Kleinen immer, wenn es schneit«, kommentierte Gusti den Anblick und sah Christine verschwörerisch an. »Ich mach das manchmal auch«, flüsterte sie kichernd. »Wir sollten öfter wie Kinder sein. Das hält jung!«
Christine lachte kurz auf.

»Dann lassen Sie uns mal zu ihnen gehen.« Gusti nickte zustimmend, doch nach zwei Schritten blieb sie wieder stehen. »Und wer wohnt da?« Sie zeigte auf Christines Gartenhäuschen, das geschmückt war mit tiefgrüner Tanne und einer leuchtenden Lichterkette.

»Ich! Es ist mein zweites Zuhause«, erklärte Christine. »Im Sommer verbringe ich sehr viel Zeit in meinem Gartenhäuschen. Und im Winter stelle ich einen Heizlüfter hinein und mache es mir dort gemütlich. Heute habe ich zwei Freundinnen zu einer heißen Schokolade eingeladen. Sie haben ihre Kinder mitgebracht und die wiederum ihre Freunde.«

»Und jetzt hab ich keine Röllchen«, seufzte Gusti enttäuscht.

»Wieso haben Sie keine Röllchen? Wir haben doch gestern welche gebacken!« Christine deutete auf die Keksdose, die auf dem Holztisch unter der überdachten Veranda stand. »Lassen Sie uns rübergehen. Die Kinder freuen sich schon auf Sie!«

Christines Freundinnen riefen die Kleinen zu sich auf die Veranda. Wie mit ihnen besprochen scharten sie sich fröhlich plappernd um die alte Dame, die mit der Keksdose auf dem Schoß in einem bequemen Korbstuhl saß. Zärtlich streichelte Gusti einigen Kindern über ihre rotverfrorenen Wangen.

»Ich habe wieder etwas Gutes für euch!« Hingebungsvoll überreichte Gusti jedem ein goldgelb gebackenes Röllchen. Zufrieden mit sich und der Welt betrachtete sie dabei ›ihre Kinder‹, dann atmete sie tief durch und sah verträumt in den Garten. Und als sollte es so sein, schneite es plötzlich kräftiger, dicke Flocken wirbelten durch die Luft. »Der erste Schnee«, seufzte Gusti wie verzaubert, »er ist und bleibt der schönste.«

Gustis Anis-Röllchen

Für ca. 40 Stück brauchen Sie …

200 g Margarine
200 g Kandiszucker
1 – 2 EL ganzer Anis
450 g Mehl
1 Ei
2 TL Zimt
2 EL Rum
½ Liter warmes Wasser

… und ein Hörncheneisen!

Und so wird's gemacht:

Margarine erwärmen bis sie flüssig ist. Etwas abkühlen lassen.
Kandis in dem halben Liter Wasser auflösen.
Die Margarine und das Ei verrühren. Nach und nach das Mehl einrühren. Das lauwarme Kandis-Wasser hinzugeben und rühren bis keine Mehl-Klümpchen mehr zu sehen sind. Dann Rum, Zimt und Anis hinzufügen. Den Teig mindestens zwei Stunden ruhen lassen. Am besten aber über Nacht! Sollte der Teig anschließend zu dick sein, kann er mit etwas Wasser verdünnt werden.
1 gestrichenen Esslöffel Teig auf das Hörncheneisen geben und backen.
Anschließend rausnehmen und sofort aufrollen!

Die Weihnachtswürfel

Die kostbarsten Erinnerungen unseres Lebens bestehen oft aus Augenblicken. Bruchteile von Sekunden, die sich wie Brandzeichen in unseren Kopf und in unser Herz einbrennen. Ein Blick, eine Geste, das richtige Wort zur richtigen Zeit. Doch auch die Dämonen, die uns quälen, uns nicht schlafen lassen, werden in diesen Augenblicken geboren. Ein Blick, eine Geste, das falsche Wort zur falschen Zeit. Zwischen dem kostbarsten und dem dunkelsten Augenblick seines Lebens lagen für Jan Feddersen genau 21 Jahre.

Jan saß an seinem Schreibtisch im Büro und hielt einen Bilderrahmen in seinen Händen. Gedankenverloren betrachtete er das Foto, das seine Tochter beim Tanzen am Abend ihres Abiballs zeigte. Viel zu schnell war sie erwachsen geworden, und seit jenem Abend, als dieses Bild entstand, waren weitere fünf Jahre vergangen. Jan lächelte wehmütig und ihm kam es vor, als sei es gestern gewesen – das kleine Wesen mit den dunkelbraunen Augen, seine Tanja, die wenige Minuten zuvor das Licht der Welt erblickt hatte. Nachdem die Hebamme ihm die Kleine in den Arm gelegt hatte, spürte Jan sofort die Liebe, die er für sein kleines Mädchen empfand. Dieser Moment, als er zum ersten Mal in ihre Augen schaute, war der schönste seines Lebens. Niemals hätte er für möglich gehalten, dass ihn diese Augen 21 Jahre später mit tiefster Verachtung ansehen könnten. Ein kräftiges Klopfen an die halb offenstehende Bürotür holte ihn in die Gegenwart zurück. Sein Kollege Peter stand im Türrahmen und nickte ihm freundlich zu.

»Ich mache jetzt Feierabend, Jan. Wünsch dir schöne Weihnachten.«

Jan schnappte nach Luft und räusperte sich.

»Danke, das wünsche ich dir auch, Peter«, erwiderte er und stellte mit wehmütigem Blick den Bilderrahmen auf seinen festen Platz zwischen Locher und Bleistiftspitzer zurück. »Verbringt ihr Weihnachten wieder bei …« Er stutzte, denn als er aufsah stellte er fest, dass sein Kollege bereits gegangen war – nur seine Höflichkeitsfloskel stand noch im Raum. Jan schluckte. Hatte er wirklich geglaubt, sein Kollege wollte sich mit ihm unterhalten? Jan warf einen Blick auf die Uhr. Wie an jedem Abend verließ er auch heute pünktlich um halb sechs das Büro. So stand er auf, nahm seinen dunkelgrauen Wintermantel von der Garderobe und schlüpfte hinein. Er stellte den Kragen hoch und legte sich seinen schwarzen Kaschmirschal um. Noch einmal fiel sein Blick auf das Foto und ein Schauer durchfuhr ihn. Heute feierte Tanja ihren 25. Geburtstag. Wie jedes Jahr, hatte er seine Glückwünsche auf ihrem Anrufbeantworter hinterlassen. Und wie jedes Jahr, wartete er vergeblich auf ihren Rückruf. Vier Jahre waren vergangen, seit er seine Tochter zum letzten Mal sah. An jenem Tag, hatte sich sein Leben schlagartig verändert. Ein Leben, das er stets nach den Vorstellungen anderer gelebt hatte. ›Wie es in dir aussieht, geht niemanden etwas an‹, war stets der Rat seines Vaters, und Jan war ihm gefolgt. Doch seine wahren Gefühle quälten ihn erbarmungslos. Sie waren stark und schrien verzweifelt danach, gelebt zu werden. Letztendlich gab er ihnen nach, doch der Preis dafür war hoch.

Jan atmete schwer durch und nahm noch einmal den Bilderrahmen in die Hand.

»Alles Liebe zum Geburtstag. Ich wünsche dir alles Glück der Welt«, sagte er traurig und stellte das Bild zurück. Er löschte das Licht und schloss die Bürotür hinter sich.

»Pünktlich wie immer, Herr Feddersen«, rief ihm der Pförtner zu, als Jan am Empfang vorbei zum Ausgang ging.
Jan nickte ihm freundlich zu.

»Ich wünsche Ihnen ein schönes Weihnachtsfest«, sagte er mit gespielter Leichtigkeit und verließ das Gebäude.

Der Schnee knirschte unter seinen Schuhen, als er auf den Gehweg trat. Es schneite kräftig und von irgendwo her erklangen Kirchenglocken. Jan hastete zur Haltstelle, obwohl er wusste, dass der Bus nie pünktlich kam. Es wäre ein Wunder gewesen – und an Wunder glaubte er schon lange nicht mehr. Im Wartehäuschen angekommen, spürte er die Kälte in seinem Nacken. Er zog den Schal enger. Die Hände tief in den Manteltaschen vergraben und mit hochgezogenen Schultern stand er da und fror. Doch die Kälte war nichts im Vergleich zu den Bildern in seinem Kopf, die ihn innerlich frieren ließen. Besonders jetzt, in der Weihnachtszeit, einer Zeit, in der Familien näher zusammenrückten, Pläne schmiedeten und sich aufeinander freuten. Doch für Jan sah es anders aus. Ihn quälten die Erinnerungen an die erstarrten Augen seiner Frau Katrin und den angewiderten Blick seiner Tochter. Mit seinem Geständnis hatte er beiden den Boden unter den Füßen weggerissen. Jan lächelte verbittert. Was hatte er erwartet? Katrins Verständnis? Doch er war sich sicher gewesen, dass Tanja ihn verstand und ihm die Toleranz ihrer Jugend zur Seite stand. Aber er hatte sich geirrt. Jan schluckte schwer, als er an ihren verachtenden Blick dachte. Das Motorenge-

43

räusch des herannahenden Busses erlöste ihn schließlich von seinen Gedanken und holte ihn in die Gegenwart zurück.

»Guten Abend. Wirklich eisig heute«, begrüßte Jan den Fahrer und klopfte sich mit der sichtlich verfrorenen Hand die Schneeflocken vom Mantel.

»Endlich mal 'ne weiße Weihnacht, das wollen die Leute doch immer«, erwiderte der Fahrer spöttisch.

»Stimmt auch wieder.« Jan lachte kurz auf. Von seinem Kummer ließ er sich nichts anmerken, darin war er perfekt. Wie jedes Mal suchte er sich ganz hinten im Bus einen Platz. Vor ihm saßen zwei Frauen, die sich angeregt über ihre Kinder und die bevorstehende Bescherung unterhielten. Erneut schweiften Jans Gedanken ab und er dachte an seine Familie und an die Heilig Abende, die nachmittags traditionell mit selbst gebackenen Plätzchen und heißer Schokolade eingeläutet wurden. Anschließend kochten sie gemeinsam. Nach dem Essen legte seine Frau die Geschenke unter den Baum. Sie beschenkten sich mit vielen Kleinigkeiten, die nicht viel kosteten, doch dafür kamen viele Geschenke zusammen. Alle stets liebevoll verpackt und das Auspacken machte Freude. Jan schmunzelte, als er an die Weihnachtswürfel dachte. Ihnen verdanken sie es, dass sich so manche Bescherung stundenlang hinzog. Jeder hatte seinen ganz persönlichen Weihnachtswürfel. Der von Jan war dunkelblau, der seiner Frau olivgrün und Tanjas hellrot. Wer eine Sechs warf, durfte ein Geschenk auspacken und musste anschließend die nächsten Runden aussetzen, bis alle ein Geschenk bekommen hatten. Dann ging der Spaß von vorne los. Tanja war es, die den Weihnachtswürfeln ihren Namen gegeben hatte. Nach dem Fest legte sie sie in eine kleine rote Schachtel, wo sie das Jahr über auf die nächste Bescherung warteten. Jan atmete sehnsüchtig durch und spürte, wie ihn die Erinnerungen erneut das Herz schwer werden ließen. Die Durchsage im Lautsprecher ließ ihn aufhorchen. Beim nächsten Halt musste er raus, und so stand er auf und ging langsam zur Tür. Der Bus hielt, Jan nickte dem Fahrer noch einmal freundlich zu und stieg aus. Der Weg nach Hause führte ihn immer durch die gleichen Straßen. Für ihn war es undenkbar, von seinen Gewohnheiten abzuweichen. Sie waren es, die er brauchte, um zu überleben. Diese unsichtbaren Fesseln, die ihn zwar einschnürten wie ein Korsett, aber zugleich auch stützten und Halt gaben. Und so ging er seinen gewohnten Weg, der ihn zunächst die Goethe-Straße entlangführte. Dann bog er nach links in die Nord-Allee ein und nochmals links in die Lindenstraße bis zu dem Mehrfamilienhaus, in dem er seit der Trennung von Katrin wohnte. Die Familien, die dort lebten, liebten die Weihnachtszeit. Wie jedes Jahr hatten sie das Haus festlich geschmückt und man sah in allen Fenstern Pyramiden und Lichterketten leuchten. Nur Jans Fenster waren – wie sein Leben – dunkel und trostlos. Auf der gegenüberliegenden Straßenseite standen einige Weihnachtsbuden, die zu dem Weihnachtsmarkt gehörten, der wenige Meter weiter, auf dem Marktplatz, zum Bummeln und Genießen einlud. Doch Jan nahm von all dem nichts wahr. Wie immer ging er mit gesenktem Blick die Straßen entlang. Schon während er auf den Hauseingang zuging, holte er den Schlüssel aus der Manteltasche. Hastig öffnete er und huschte hinein. Im Treppenhaus roch es nach frisch gebackenen Zimtplätzchen und die alte Dame aus dem ersten Stock spielte ›Oh du Fröhliche‹ auf ihrem Klavier. Aus einer der Wohnungen drang Kinderlachen. Bedrückt stieg Jan die Stufen zu seiner Wohnung hinauf. Das leise Surren des Kühlschrankes begrüßte ihn, als er eintrat. Der Anrufbeantworter hielt, wie immer, keine Nachricht bereit. Für Jan glich ein Abend dem anderen. Es gab keine Anrufe, keine Besuche, keine Verabredungen. Denn leider hatte er nicht nur seine Familie verloren, sondern auch seine Freunde.

Sein Abend verlief wie immer. Zuerst machte er sich etwas zu essen. Dann wusch er ab und räumte die Küche auf. Und obwohl er es nicht wollte, waren seine Gedanken schon wieder bei Tanja. Sollte er sie noch einmal anrufen? Aber was, wenn sie ihn nach seiner ›dreckigen Affäre‹ fragte? So hatte Tanja es genannt, als sie erfuhr, dass ihr Vater sich verliebt hatte – in einen Mann. Erneut überrollten ihn die Erinnerungen. Nicht nur Tanja fehlte ihm. Er vermisste auch Georg. Sie hatten sich ineinander verliebt, doch Georg fehlte der Mut, offen zu ihrer Liebe zu stehen. Nach einem halben Jahr hinterließ Georg zwei Zeilen auf einem Zettel und verschwand – einfach so.

Jan zuckte zusammen, als ihn der schrille Klang seiner Türklingel aus seinen Gedanken riss.

»Schon wieder diese verdammten Bengel«, murmelte er vor sich hin. Ständig spielten ihm die Nachbarskinder Streiche. Das Beste war, es einfach zu ignorieren. Doch dann klingelte es ein zweites und drittes Mal. Jan schlurfte ins Schlafzimmer, das zur Straße lag, und öffnete das Fenster. Wenn man sich etwas hinausbeugte, konnte man sehen, wer vor dem Eingang stand. Er stutzte. Da war niemand, doch schon klingelte es erneut, gefolgt von einem leisen Klopfen an der Wohnungstür. Irritiert verließ Jan das Schlafzimmer und öffnete die Tür.

»Guten Abend, Herr Feddersen«, begrüßte ihn Frau Meinert, deren Klaviermusik kurz zuvor das ganze Haus in eine weihnachtliche Stimmung versetzt hatte. »Das habe ich heute für Sie angenommen«, erklärte sie und überreichte ihm ein kleines Päckchen. »Ich wünsche Ihnen ein besinnliches Fest.«

»Danke schön …, das … das wünsche ich Ihnen auch«, stotterte Jan, überrascht von dem Päckchen in seiner Hand, welches die Handschrift seiner Tochter trug. Er nickte seiner Nachbarin kurz zu und schloss die Tür. Wie benommen ging er ins Wohnzimmer, setzte sich und legte das Päckchen auf seinen Schoß. Sein Herz schlug kräftig, während er mit zittrigen Händen die Klebestreifen löste. Dann entfernte er das Packpapier und zum Vorschein kam eine dunkelrote Schachtel. Vorsichtig hob er den Deckel ab und blickte auf zwei Würfel – eingebettet in weißer Watte. Einer von ihnen war sein dunkelblauer Weihnachtswürfel. Den anderen hatte Jan noch nie gesehen. Er war beige mit hellgrauen Punkten. Neben den Würfeln lag eine Weihnachtskarte.

›Hallo Papa!
Ich würde mich freuen, wenn wir uns wiedersehen. Ein Heilig Abend, so wie es früher war. Das wäre schön! Rufe mich doch einfach an und wir reden.
Ich vermisse Dich!
Deine Tanja
PS: Am 24. um 18 Uhr! Der beige Würfel ist für Georg. Du weißt ja, ohne Weihnachtswürfel gibt's keine Geschenke.‹

Jan atmete tief durch und lehnte sich in den Sessel zurück. Immer wieder fiel sein Blick auf den Zettel in seiner Hand und er las die Worte seiner Tochter. Immer und immer wieder. Erst als er den Klang einer Geige hörte, sah er verwundert auf. Die Musik kam von der Straße und Jan fiel ein, dass das Fenster immer noch offenstand. Ohne den Zettel aus der Hand zu legen, stand er auf und ging in sein Schlafzimmer. Vom Fenster aus sah er einen jungen Mann, der direkt gegenüber unter einer Laterne stand und auf seiner Geige spielte. Mit sanften Bewegungen führte er seinen Bogen über die Saiten. Passanten blieben schweigend stehen und hörten ihm zu. Auch Jan verharrte, betrachtete die Schneeflocken, die nun sachte zu Boden fielen und lauschte den zarten Klängen alter Weihnachtslieder. Es war ein Moment voller Magie, die Jan plötzlich wieder zu spüren vermochte. Dankbar sah er hinunter auf den Zettel in seiner Hand und lächelte. Noch vier Tage bis Heilig Abend, doch schon jetzt hielt er das schönste Geschenk in seinen Händen – und er brauchte nicht mal darum zu würfeln.

Eine Handvoll Heimat

Sofía Jansen stand am Wohnzimmerfenster und schaute gedankenverloren hinaus. Im Schein der Straßenlaternen konnte sie die dicken Schneeflocken besonders gut sehen, die im eisigen Wind wirbelten, der bereits seit Stunden durch die Straßen pfiff.

»Solche Winter hatten wir in Sevilla nie. Ich erlebte die erste Schneeballschlacht meines Lebens erst auf dem Schulhof hier in Hamburg, kurz nachdem wir hergezogen waren. Alle habe ich sie eingeseift, mir entkam so schnell keiner«, erinnerte sie sich und lachte triumphierend auf, während sie ihren Blick an den gegenüberliegenden Häusers entlangwandern ließ. »Manche haben ihre Fenster und Vorgärten wirklich wunderschön geschmückt«, stellte sie begeistert fest. Doch dann senkte sich plötzlich ihre Stimme. »Er sitzt immer noch im Hauseingang.« Nachdenklich schüttelte sie den Kopf und seufzte. »Wie kann man nur so leben?«

»Dieser Kerl ist ein unzumutbarer Anblick«, schimpfte ihr Mann. »Aber keine Sorge, ich kümmere mich darum. Gleich morgen, wenn der ganze Weihnachtstrubel vorbei ist, werde ich beim Ordnungsamt anrufen und dafür sorgen, dass dieser Penner verschwindet.«

»So habe ich das nicht gemeint, Stefan. Er tut mir nur leid, es muss doch schrecklich sein, auf der Straße leben zu müssen und ...«

»Müssen? Wieso müssen?«, wandte er ein, schenkte etwas Rotwein nach und trat zu seiner Frau ans Fenster. »Das sind alles faule Hunde! Die sollen doch einfach ihren Hintern hochkriegen und arbeiten gehen, dann können die sich auch eine Wohnung leisten«, fuhr er fort und reichte seiner Frau ihr Glas. »Das Problem ist nur, dass die mit Sicherheit alle nichts gelernt haben, darum finden die keinen

Job. Na ja, solange die auf der Straße leben, liegen sie dem Staat wenigstens nicht auf der Tasche.«

Entsetzt sah Sofía ihren Mann mit ihren dunklen, fast schon schwarzen Augen, an.

»Madre mía! Hast du dich gerade reden hören, und wenn ja, hast du dir zugehört? Ich glaube, es ist besser, wenn ich jetzt in die Küche gehe und nach unserem Essen schaue, bevor ich mich noch vergesse.« Fassungslos schüttelte sie den Kopf, stellte das Glas auf den Tisch und verschwand.

Nach wenigen Minuten kehrte Sofía ins Wohnzimmer zurück.

»Wir können gleich essen«, sagte sie und trat näher an ihren Mann heran. Dabei sah sie ihn fragend an. »Was ist eigentlich mit dem Norweger Pullover, den dir deine Mutter vorletztes Jahr geschenkt hat?«

»Was soll damit sein, der liegt im Schrank.«

»Genau! Dort liegt er seit zwei Jahren, du hast ihn nicht ein einziges Mal getragen, weil du ihn schrecklich findest.«

»Na und?« Stefan zuckte mit den Schultern. »Meine Mutter freut sich und glaubt, dass ich ihn trage.«

»Nach dem Essen gehe ich rüber und schenke ihn dieser armen Seele«, sagte Sofía und verschränkte entschlossen beide Arme vor ihrer Brust. »Ob es dir gefällt oder nicht!«

Stefan glaubte, sich verhört zu haben.

»Wie bitte?« Fassungslos starrte er sie an. »Das tust du nicht! Das ist ein neuer Pulli, warum sollte ich den weggeben?«

»Weil du ihn sowieso nie tragen wirst.«

»Na und? Deshalb muss noch lange nicht einer von denen damit herumlaufen.«

»Einer von DENEN?« Sofía hob entsetzt ihre Augenbrauen.

»Meine Güte! Du weißt schon, was ich meine. Dieser Kerl ..., er ist ein Penner, ein Obdachloser, er ist ...«

»... in erster Linie ein Mensch«, vervollständigte Sofía den Satz ihres Mannes.

»Mag sein. Aber das sind alles Alkoholiker oder die sind drogensüchtig. Ich sag's dir, kennst du einen, kennst du alle.«

Sofía sah ihren Mann gespielt überrascht an.

»Du hast mir noch nie von ihm erzählt.«

»Von wem?« Stefan kräuselte die Stirn.

»Von dem Obdachlosen, den du kennst.«

»Ich kenne doch keinen Obdachlosen.« Angewidert verzog Stefan sein Gesicht.

»Aber hast du nicht gerade gesagt, dass du sicher bist, dieser Mann sei Alkoholiker oder drogensüchtig, weil man alle kennt, wenn man einen kennt. Also kennst du doch einen. Oder verstehe ich da irgendwas falsch?«

Stefan verdrehte genervt die Augen.

»Nun leg doch nicht jedes Wort auf die Goldwaage.«

Sofía stemmte ihre Hände in die Hüften und schüttelte den Kopf.

»Ich bin wirklich froh, dass du keine Vorurteile hast, Stefan Jansen«, erwiderte sie ironisch. »Erinnerst du dich an den korrupten Finanzbeamten, den man vor einigen Wochen eingebuchtet hat?«, fuhr sie fort. »Du arbeitest doch beim Finanzamt, also bist du auch korrupt? Kennt man einen, kennt man alle.« Sie sah ihren Mann herausfordernd an. »Und wie sieht es mit Hartz4-Empfängern aus? Sind alle faul, richtig? Und Flüchtlinge? Alles Terroristen, die nur ...«

51

»Schon gut!« Stefan hob resignierend seine Hand. »Du lässt eh nicht locker. Bringe dem Kerl in Gottes Namen diesen verdammten Pulli. Aber erzähle bloß nicht meiner Mutter, dass so ein Pen…«, er stockte als ihn der strafende Blick seiner Frau traf und er räusperte sich, »… also ich meine, dass der da draußen mit dem Pulli herumrennt«, führte er seinen Satz zuende.

»Ich wusste doch, dass ich einen Mann mit Herz geheiratet habe«, erwiderte Sofía schmunzelnd und gab Stefan mit dem Ellenbogen einen leichten Schubs in die Seite. Mit einem zufriedenen Lächeln ging sie ins Schlafzimmer und kehrte kurz darauf mit dem Pullover über dem Arm zurück.

»Bei uns in Spanien sagt man: ›No ayuda a los pobres con los ojos que lloran, pero con las manos que dan.‹.

»Und das bedeutet?«, fragte Stefan sichtlich genervt.

»Man hilft den Armen nicht mit Augen, die weinen, sondern mit Händen, die geben««, erwiderte sie. »Natürlich empfindet man Mitleid mit Menschen, die auf der Straße leben, aber das allein hilft ihnen auch nicht weiter«, fuhr sie fort. »Und ich bin sicher, wenn man Gutes tut, dann bekommt man immer etwas zurück.«

»Na klar! Einen Schluck aus der Doppelkornflasche«, murmelte Stefan sarkastisch.

»Du Witzbold! Ich rede nicht von materiellen Dingen, und schon gar nicht von einem Schluck aus einer Doppelkornflasche. Aber irgendetwas bekommt man, und sei es nur ein dankbares Lächeln.«

»Schon gut, ich habe es ja verstanden. Aber können wir jetzt erstmal essen, bevor du Mutter Theresa spielst?«

»Si, claro«, erwiderte sie und zwinkerte ihm liebevoll zu.

»Ich begleite dich«, erklärte Stefan, als Sofía nach dem Essen aufstand und in den Flur ging. »Du weißt nie, wie so einer reagiert, wenn du da aufkreuzt.«

»Auf gar keinen Fall! Du kannst vom Fenster aus aufpassen, okay? Ich bin schon groß! Ich gehe über die Straße, gebe ihm den Pullover und komme sofort zurück.« Entschlossen schlüpfte sie in ihre Stiefel, zog ihre Jacke an und eh Stefan sich versah war Sofía verschwunden.

Der Schnee knirschte unter Sofías Stiefeln, als sie auf den Gehweg trat. Sie zog den Kragen ihrer Jacke enger, während sie ihren Blick über die Fenster wandern ließ, in denen Pyramiden und Lichterketten strahlten, dann fiel ihr Blick in den schwach beleuchteten Hauseingang des Schuhgeschäftes, in dem der Obdachlose hockte, eingerollt in einem dunklen Schlafsack. Sofía warf ihre Fellkapuze über ihre schwarzen Locken und überquerte mit schnellen Schritten die Straße. Je näher sie kam, desto mulmiger wurde ihr. Unsicher drehte sie sich um und sah, dass Stefan am Fenster stand und sie beobachtete. Es ärgerte sie, dass seine Worte Wirkung zeigten und sich ein unsicheres Gefühl in ihr breit machte.

»Por dios! Nun lasse dich nicht von diesen Vorurteilen infizieren, Sofía Jansen«, befahl sie sich energisch und ging weiter. Im Hauseingang blieb sie kurz stehen und betrachtete aus sicherer Entfernung den Fremden, der auf einer rotkarierten Isomatte hockte. Er hatte seine hellgraue Wollmütze tief in die Stirn gezogen. »Hallo!«, rief sie kurz. »Ich wohne gegenüber und habe Sie hier sitzen sehen. Ich möchte Ihnen gerne etwas schenken.«

Der Obdachlose hob langsam seinen Kopf und schob mit seiner sichtlich verfrorenen Hand die Mütze etwas höher.

»Mir? Sie wollen mir etwas schenken?« Müde und kraftlos klang seine Stimme und traf Sofía mitten ins Herz.

»Ich habe einen Pullover für Sie. Er wurde noch nie getragen. Vielleicht passt er Ihnen«, sagte Sofía, trat näher und reichte ihm den Pullover. Erst jetzt konnte sie sein Gesicht erkennen, seine verfrorenen Wangen und glanzlosen blauen Augen. Unter der Mütze lugten kurze, blonde Strähnen hervor.

»Meinen Sie das ernst?«, fragte er ungläubig.

»Ja, natürlich. Wieso sollte ich es nicht ernst meinen?«

»Weil mich die meisten verjagen, sobald ich mich irgendwo niederlasse. Geschenkt hat mir noch niemand etwas.« Verwundert schüttelte er den Kopf. »Bis heute. Liegt wohl an Weihnachten«, murmelte er und sah Sofía dankbar an.

»Mit tut es so leid, Sie hier in der Kälte sitzen zu sehen. Es muss schrecklich sein, auf der Straße leben zu müssen. Aber im Winter, und besonders während der Weihnachtszeit, ist es doch sicher noch viel härter. So ganz alleine, meine ich, ohne ein Zuhause.«

»Ich werde es überleben. Heute habe ich mir in der Suppenküche am Bahnhof eine warme Mahlzeit gegönnt. Was soll's, jammern hilft mir nicht weiter«, erwiderte er und lächelte bitter. »Weihnachten ist trotzdem schön, so oder so. Ich mag die vielen Lichter überall in den Fenstern.« Er deutete mit einer Kopfbewegung auf die gegenüber liegenden Häuser. »Von hier aus kann ich durch eines der Fenster sogar einen Weihnachtsbaum sehen. Letztes Jahr hatte ich auch noch einen, so einen richtig großen.« Gedankenverloren blickte er ins Leere. »Eine Nordmanntanne. Mit roten Kugeln geschmückt.« Dann wandte er sich wieder Sofia zu und grinste. »Und 'ne Weihnachtsgans gab es natürlich auch. Einen richtig dicken, knusprigen Vogel.«

»Und was ist passiert?«

»Na, wir haben ihn verputzt!«

Sofia lachte kurz auf und schüttelte den Kopf.

»Ich meine nicht den knusprigen Vogel. Was ist mit Ihnen geschehen? Wie es sich anhört, hatten Sie letztes Jahr um diese Zeit noch ein Zuhause. Und nun sitzen Sie hier in diesem Hauseingang. Was ist passiert? Oder trete ich Ihnen mit der Frage zu nah? Dann entschuldigen Sie bitte.«

Verblüfft sah er sie an.

»Meine Güte, sind Sie höflich zu mir«, erwiderte er und schob seine Mütze wieder etwas tiefer in die Stirn. »Sind Sie mein Weihnachtswunder oder so? Erst der Pulli und jetzt interessieren Sie sich auch noch für mein Leben.« Misstrauisch sah er Sofía an. »Wollen Sie das wirklich wissen? Ich meine, Sie wollen hier in der verfluchten Kälte stehen und es wirklich wissen?«

Sofía nickte.

»Natürlich, sonst würde ich nicht danach fragen.«

»Okay, wenn Sie es unbedingt wissen wollen, dann erzähle ich es Ihnen. Bis vor ungefähr sechs Monaten habe ich noch als Maler gearbeitet. War nur ein kleiner Betrieb, mein Chef ist in die Insolvenz gerasselt und musste mich entlassen. Kurz darauf ging meine Beziehung kaputt. Bin nicht schuldlos daran, ich war ziemlich unausstehlich, weil ich keinen Job fand. Anscheinend gehört man mit 46 schon zum alten Eisen. Die Tatsache, dass ich keinen Tag arbeitslos war und seit meiner Ausbildung in dem Job gearbeitet hatte, interessierte niemanden. Und meine liebe Freundin setzte mich vor die Tür, einfach so.« Er zuckte hilflos mit den Schultern. »Na ja, war ihre Wohnung, ich stand nicht mal im Mietvertrag. Gestört hat mich das nie, ich war blind gewesen vor Liebe als ich zu ihr zog.«

Dann senkte sich seine Stimme. »Aber wegen der Kleinen tut's mir leid. Meine Ex und ich, wir haben eine Tochter, letzten Dienstag ist sie Fünf geworden. Jenny, ein tolles Mädchen.« Stolz hob er seinen Daumen in die Höhe.

»Das tut mir alles sehr leid. Konnten Sie denn nirgends unterkommen? Bei der Familie oder so?«

»Habe niemanden. Mein Vater ist vor ein paar Jahren gestorben, meine Mutter ist dement und lebt in einem Heim. Sie weiß nicht einmal mehr, dass es mich gibt. Ist auch besser so, sie war immer sehr stolz auf mich, ich befürchte, jetzt würde sie sich nur noch für mich schämen.«

»Das glaube ich nicht«, wandte Sofía ein. »Aber wie sieht es mit Ihren Freunden aus? Können die Ihnen nicht helfen? Sie haben doch bestimmt Freunde.«
Er lächelte wehmütig und nickte leicht.

»Ja, das dachte ich. Aber …« Seine Stimme versagte plötzlich und er räusperte sich. »Jedenfalls danke ich Ihnen für den Pulli«, wechselte er das Thema. »Hatte gar nicht mit einem Weihnachtsgeschenk gerechnet. Ist fast wie früher, zuhause bei meinen Eltern. Ein Geschenk bekam ich immer, egal wie knapp das Geld war. Und vor der Bescherung gab es heiße Schokolade und selbstgebackene Zimtsterne. Das war Tradition bei uns.«

»Da wo ich herkomme, aus Sevilla, haben wir auch unsere Weihnachtstraditionen«, erwiderte Sofía. »Eine davon sind unsere Polvorones, ein andalusisches Mandel-Schmalz-Gebäck. Immer wenn ich meine Großmutter in der Weihnachtszeit besucht habe, haben wir diese Köstlichkeit gemeinsam gebacken. Großmutter Rosas Polvorones waren ein Traum!«

»Polvorones? Was heißt das übersetzt?«

»Die Kekse haben ihren Namen von ›El polvo‹, das heißt ›der Staub‹, weil sie sehr zerbrechlich sind und fast zu Staub zerfallen, wenn man nicht sorgsam mit ihnen umgeht. Meine Großmutter hat immer gesagt: ›Sofía, mit den Polvorones musst du genauso achtsam umgehen, wie mit deinem Leben, beides kann schnell zerbrechen, wenn du nicht achtgibst.‹«

»Eine weise Frau«, seufzte er und lächelte bitter.

»Und dazu noch herzensgut! Nur mir zuliebe gab sie immer eine extra Portion Kakao in den Teig.«

»Und meine Mutter hat nur mir zuliebe auf den ekeligen Zuckerguss verzichtet«, erwiderte er stolz. »Stattdessen hat sie die noch warmen Zimtsterne in Zimt und Zucker gewälzt. Echt lecker!«

Sofía spürte, wie gut es dieser armen Seele tat, über sein Zuhause zu reden. Plötzlich leuchteten seine Augen, wie die eines Kindes, und Sofía sah ihn förmlich vor sich, den kleinen Jungen mit den braun gepuderten Zimtsternen in seiner Hand. Ein zufriedener Junge, der nicht ahnte, was das Leben mit ihm vorhatte.

»Ist alles in Ordnung?«, hörte sie plötzlich eine vertraute Stimme fragen. Sofía drehte sich um und schaute in die besorgten Augen ihres Mannes. »Du wolltest dem doch nur den Pullover geben. Wieso dauert das so lange?«

»Alles gut«, beruhigte Sofía ihren Mann. »Wir haben nur geredet und …, also Herr …«, Sofía drehte sich zu dem Obdachlosen um, »… da haben wir uns so nett unterhalten, und ich weiß nicht mal, wie Sie heißen.«

»Dirk! Nennen Sie mich einfach Dirk. Das passt schon.«

Sofia nickte kurz, dann wandte sie sich wieder ihrem Mann zu.

»Also … Dirk hat mir gerade von seiner Mutter und Weihnachten erzählt.«

»Wie herzallerliebst!« Die Ironie in Stefans Worten war nicht zu überhören. »Komm jetzt endlich ins Haus, bevor wir hier noch festfrieren«, fügte er mit scharfem Ton hinzu.

»Natürlich«, erwiderte Sofía leise und schluckte. Dann richtete sie sich noch einmal an Dirk. »Ich hoffe, dass Sie bald wieder ein Zuhause haben.«

»Wird schon klappen. Arbeitslosengeld ist beantragt, warte nur auf den Bescheid, dann wird es hoffentlich für 'ne kleine Wohnung reichen.«

Irritiert kräuselte Sofía die Stirn.

»Wie kommen Sie an den Bescheid, ohne Adresse?«

»Ich habe ein Postfach. Das musste ich mir zulegen. Ohne Postfach kann man als Obdachloser keinen Antrag stellen.«

»Aber es kann doch sehr lange dauern, bis so ein Antrag durch ist.«

»Ja, ich weiß. Aber zum Glück habe ich ab morgen erstmal einen festen Platz in der Wohnungslosenunterkunft. Nicht schön, aber immer noch besser als dieser Hauseingang.«

»Da haben Sie Recht. Ich wünsche Ihnen von Herzen alles Gute.« Sofía nickte ihm freundlich zu und wandte sich ab, um zu gehen.

»Warten Sie! Bitte!«, rief Dirk ihr nach. Seine Stimme klang nun viel kräftiger als zuvor. »Ich möchte Ihnen nochmal danken, für den Pulli und dafür, dass Sie mich gesehen haben.«

»Dass ich Sie gesehen habe? Wir wohnen direkt gegenüber, in dem Haus mit dem weißen Gartenzaun. Von dort aus sind Sie in diesem beleuchteten Eingang wirklich nicht zu übersehen.«

Dirk schüttelte den Kopf.

»Das meine ich nicht. Täglich gehen unzählige Menschen an mir vorbei, mit aller Kraft darum bemüht, mich zu übersehen. Nicht ein einziger von ihnen ist jemals stehengeblieben und hat sich dafür interessiert, wer oder was ich war, bevor ich das wurde, was ich jetzt bin oder wie es dazu kam. *Sie* haben mich danach gefragt, und das hat sich verdammt gut angefühlt. Und noch etwas! Ich danke Ihnen, dass Sie mich gesiezt haben.«

»Dass ich Sie gesiezt habe?« Verblüfft sah Sofía den jungen Mann an. »Das ist doch selbstverständlich.«

»Nein, das ist es nicht. So einen wie mich siezt man nicht. Und darum danke ich Ihnen. Es hat sich echt gut angefühlt, so, als sei ich Jemand.«

Sofía schluckte schwer.

»Seid ihr gleich fertig?«, maulte Stefan. »Ich will wieder rüber.«

Sofía nickte Dirk noch einmal zu, drehte sich um und ging mit ihrem Mann ins Haus zurück.

»Wie kann man nur freiwillig in der Kälte herumstehen und sich mit einem so verwahrlosten Typen unterhalten?«, fragte Stefan kopfschüttelnd, während sie ihre Jacken auszogen.

»Ob du es glaubst oder nicht, Stefan, aber du hast mit diesem …«, Sofía malte pantomimisch zwei Anführungszeichen in die Luft, »… ›verwahrlosten Typen‹ etwas gemeinsam.«

Erschrocken sah er sie an.

»Ich? Das ist doch Blödsinn.«

»Ihr mögt beide keinen Zuckerguss«, erklärte Sofía grinsend und ging in die Küche.

»Zuckerguss?«, rief er seiner Frau entsetzt hinterher. »Ihr habt euch nicht ernsthaft über Zuckerguss unterhalten!« Als er keine Antwort bekam, folgte er ihr in die Küche und beobachtete irritiert, wie sie sämtliche Keksdosen öffnete und wieder verschloss. »Und was wird das jetzt?«

»Wo sind die ganzen Zimtsterne geblieben? Davon habe ich doch Trillionen gebacken.«

»Ja, und ich habe Trillionen davon gefuttert.« Stefan klopfte leicht auf seinen Bauch. »Da sind noch ein paar in der kleinen roten Keksdose. Aber ich möchte jetzt keine. Danke!«

Verlegen verzog Sofía das Gesicht.

»Ehrlich gesagt, dachte ich dabei auch nicht an dich.«

Verdattert sah Stefan seine Frau an.

»Erzähl mir nicht, dass du jetzt auch noch Kekse rüber schleppen willst.«

»Ich erkläre es dir später, einverstanden?« Beschwichtigend hob sie ihre Hände. »Und ich verspreche dir, ich bringe sie nur rüber und bin sofort zurück.«

»Sofort zurück? Das habe ich heute schon mal gehört«, erwiderte Stefan sarkastisch. Sofía drückte ihm einen Kuss auf die Wange. »Es ist doch Weihnachten!« Stefan winkte ab und verzog sich ins Wohnzimmer. Wenn sich seine Frau etwas in den Kopf gesetzt hatte, war jede Gegenrede zwecklos. Sofía verteilte die letzten sieben Zimtsterne auf einem Backblech, schob es in den Ofen und schaltete ihn ein. Dann setzte sie einen Topf mit Milch auf, nahm ein paar Esslöffel davon ab und verrührte darin Kakao und Zucker. Anschließend zog sie die kochende Milch vom Herd und ließ die glänzende dunkelbraune Masse langsam hinein gleiten. Sofort färbte sich das kalte Weiß in ein warmes Braun, ein köstlicher Schokoladenduft stieg auf und Sofía goss den heißen Kakao in eine Thermosflasche. Die lauwarmen Zimtsterne wälzte sie in Zimt und Zucker und legte sie zurück in die Dose. Dann verstaute sie beides in einen Weihnachtsbeutel, schlüpfte zum zweiten Mal an diesem Abend in Stiefel und Jacke und verließ das Haus.

Irritiert sah Dirk sie an, als sie wieder vor ihm stand.

»Und, passt der Pulli?«, fragte Sofía.

»Sie sind nicht ernsthaft gekommen, nur um mich das zu fragen? Aber wenn es Sie beruhigt, er passt und ist herrlich warm.«

»Das freut mich«, erwiderte Sofía kurz. Dann reichte sie Dirk den Beutel. »Und nun noch ein wenig Wärme für die Seele.«

»Für mich?« Ungläubig nahm Dirk den Beutel entgegen und schaute hinein. »Eine Thermosflasche?«, murmelte er. Dann sah er Sofia an und strahlte. »Ist da etwa heißer Kaffee drin?«

Sie zuckte mit den Schultern.

»Schauen Sie doch einfach nach.«

Er drehte den Deckel ab und es dampfte kräftig.

»Heiße Schokolade!«, prustete es aus ihm heraus als hätte er soeben den Jackpot geknackt. Sofort goss er etwas in den Deckel, der gleichzeitig als Becher diente, und nahm einen Schluck. »Der ist super«, schwärmte er. Dann öffnete Dirk die Keksdose. Schweigend starrte er auf die Zimtsterne.

»Alles okay?«, fragte Sofía besorgt.

Dirk nickte leicht, ohne den Blick von den Zimtsternen abzuwenden. »Das ist …, … also ich meine, was ich sagen will …«, er räusperte sich, dann hob er den Blick, sah Sofía fassungslos an und zuckte mit den Schultern, »… ich weiß nicht, was ich sagen soll.« Dirk räusperte sich erneut. »Das ist mit Abstand das schönste Weihnachtsgeschenk, das ich jemals bekommen habe.«

»Das freut mich, und es hat mich auch gefreut, Sie kennen zu lernen. Ich wünsche Ihnen alles Gute. Jetzt muss ich wieder rüber, sonst tauscht mein Mann das Türschloss aus«, scherzte Sofía.

Dirk nickte verständnisvoll.

»Vielleicht sieht man sich mal wieder.«

»Ja, wer weiß«, erwiderte Sofía und lächelte, »das Leben steckt voller Überraschungen.«

Ein Monat nach dem anderen war vergangen, doch Dirk und Sofía waren sich nie wieder über den Weg gelaufen. Anfangs hatte sie sich oft gefragt, was wohl aus ihm geworden war, doch mit der Zeit verblasste ihre Erinnerung an ihn. Mittlerweile stand das nächste Weihnachtsfest ins Haus, und Sofía saß im Wohnzimmer und schrieb die ersten Weihnachtskarten an Familie und Freunde in Sevilla.

»Hallo Schatz! Hast du in den letzten zwei Stunden mal aus dem Fenster geschaut?«, fragte ihr Mann, als er aus dem Büro kam. »Wenn das so weiter schneit, müssen wir morgen auf einem Schlitten zur Arbeit. Ich frage mich ernsthaft, wo der Winterdienst bleibt. Die haben wohl keine Lust, bei dieser Kälte auszurücken«, fügte er ironisch hinzu und gab seiner Frau einen Kuss. »Das hing draußen an der Tür«, erklärte er kurz, legte ihr eine Plastiktüte auf den Tisch und ging in die Küche.

»Bestimmt von nebenan«, erklärte Sofía. »Steffi wollte mir eine Kostprobe ihrer selbstgemachten Pralinen spendieren. Aber sie hätte doch klingeln können anstatt es …« Sofía verstummte, als sie die rote Keksdose erkannte, die in der Tüte lag, zusammen mit einem Briefumschlag. Als sie ihn öffnete, fand sie eine Weihnachtskarte in der ein Foto klebte. Es zeigte Dirk in dem Norweger Pullover, den sie ihm damals geschenkt hatte, und auf seinem Schoß saß ein kleines blondes Mädchen. Dann las sie seine Zeilen.

›*Liebes Weihnachtswunder - leider kenne ich nicht mal Ihren Namen -, endlich habe ich es geschafft! Seit sieben Monaten lebe ich in meiner eigenen Wohnung, nur eine kleine 1-Zimmer-Wohnung, aber für mich der Himmel auf Erden. Mein Name steht auf einem Klingelschild, ist das nichts?*

Meine Tochter Jenny sehe ich regelmäßig. Letzte Woche haben wir sogar gemeinsam Kekse gebacken. Das werden wir jetzt jedes Jahr in der Weihnachtszeit machen, weil ich möchte, dass Jenny mit Traditionen aufwächst — sie sind wichtig, in schweren Zeiten können sie zum Seelenpflaster werden. Einen Job habe ich noch nicht gefunden, aber ich bleibe dran. Ihren Pullover halte ich in Ehren, er wird mich immer an Menschen wie Sie erinnern! Leider wurde mir die Thermosflasche geklaut, aber wenigstens die Keksdose kann ich Ihnen zurückgeben. Als ich mich einsam und heimatlos fühlte, waren Sie es, die mir an jenem Abend in diesem kalten Hauseingang eine Handvoll Heimat schenkte. Dafür danke ich Ihnen von Herzen. Ich wünsche Ihnen und Ihrer Familie ein schönes Weihnachtfest.

Ihr Dirk Reiners.‹

Sofía schluckte und atmete tief durch. Dann öffnete sie die Keksdose und sofort roch sie den kräftigen Duft von Mandeln und Kakao. Für einen Moment schloss sie ihre Augen, genoss diesen vertrauten Geruch, der sie zurück in ihre Kindheit führte. Sofía sah sie vor sich, Großmutter Rosa, wie sie liebevoll jeden einzelnen der goldbraunen Polvorones in buntes Seidenpapier wickelte und dabei von der Zerbrechlichkeit des Lebens erzählte.

»Na, war was Besonderes drin?«, fragte Stefan und holte sie in die Gegenwart zurück.

Sofía öffnete ihre Augen und nickte lächelnd.

»Eine Handvoll Heimat«, sagte sie leise.

Lust auf weitere Kurzgeschichten?
Dann freuen Sie sich auf mein nächstes Buch.

»Wie ein Regenbogen an dunklen Tagen«

Geschichten über die Freundschaft – eines der wertvollsten
Geschenke, welches uns das Leben machen kann.

Ab Frühjahr 2020 im Buchhandel erhältlich.

Leseprobe

Wie ein Regenbogen an dunklen Tagen

Fünf Minuten vor zwölf

Langsam öffnete Ingo Ahlers seine Augen, seine Lider waren schwer wie Blei und sein Kopf fühlte sich an wie in Watte gepackt. Gequält verzog er das Gesicht, während er im stockdunklen Zimmer nach dem Wecker tastete, der neben ihm auf dem Nachttisch stand und ein lautes, unangenehmes Piepen von sich gab. Hastig suchte Ingo nach dem richtigen Knopf und schaltete ihn aus.

Mal wieder hatte er kaum geschlafen. Seit fast einem Jahr ging das nun schon so. Seine Augen brannten und er fühlte einen stechenden Schmerz hinter den Schläfen. Vielleicht sollte er einfach liegenbleiben. Einfach liegenbleiben – als existierte die Welt da draußen nicht. Was gäbe er darum, sich jetzt einfach verkriechen zu können. Doch das ging nicht. Nicht schon wieder! Er hatte sich etwas vorgenommen und heute würde er es schaffen. Ganz sicher. Schwerfällig richtete sich Ingo auf, setzte sich auf die Bettkante und rieb sich mit einer Hand über sein müdes Gesicht.

»Bleib! Geh nicht«, hörte er plötzlich ihre Stimme und spürte ihre Hand auf seinem Arm.

»Nein, es geht nicht. So wie jetzt, das geht nicht mehr«, seufzte er erschöpft. Mit hängenden Schultern saß er da und starrte wie hypnotisiert in die Dunkelheit. »Verstehst du das nicht? Ich kann einfach nicht mehr.« Sie schwieg und zog ihn sanft zurück auf sein Kissen. »Du machst mich kaputt«, flüsterte er und schloss seine

Augen. Tränen rollten über seine Schläfen und sickerten in sein Haar. »Bitte, lass mich doch einfach in Ruhe.«

»Niemals«, hauchte sie. »Ich gehöre für immer zu dir.«

Ingo spürte, wie sie seinen Brustkorb umklammerte und seinen Körper an sich presste. Das Atmen fiel ihm schwer. Sein Herz raste und kalter Schweiß legte sich auf seine Stirn. Ihre Nähe wurde ihm unerträglich. Panisch suchte er nach einem Ausweg, ihr zu entkommen.

»Ich will das nicht mehr«, stieß er plötzlich hervor, schubste sie von sich, sprang auf und eilte ins Bad. Ingo drehte den Hahn auf und schlug sich kaltes Wasser ins Gesicht, immer und immer wieder. Langsam beruhigte er sich, tastete mit geschlossenen Augen nach einem Handtuch und vergrub sein Gesicht darin. Die Panik war weg, doch er spürte, wie die Angst ihren Platz einnahm – die Angst vor dem bevorstehenden Tag. Langsam hob er den Kopf und schaute in den Spiegel. Was er sah, waren müde, glanzlose Augen unter denen tiefe Schatten lagen. Seine Haare schimmerten fettig, Bartstoppel verteilten sich auf Wangen und Kinn. Seit Tagen hatte er sich weder rasiert noch geduscht. ›Was ist nur aus mir geworden?‹, fragte er sich und dachte an den gepflegten Mann, der er einmal gewesen war. Doch wenn er ehrlich war, interessierte es ihn nicht mehr. Der Mann, den er im Spiegel sah, berührte ihn nicht – nicht mehr! Da war nur dieses dumpfe Gefühl von Gefühllosigkeit.

»Du bleibst hier, hier bei mir«, hörte er plötzlich ihre Stimme, die leise war und doch bestimmend. Unerträglich nah stand die Schwarze hinter ihm und er spürte ihren Atem in seinem Nacken. ›Die Schwarze‹, so nannte Ingo sie, weil sie ausschließlich Schwarz trug. Sie war anders. Etwas Geheimnisvolles ging von ihr aus, dem

67

sich Ingo nicht lange entziehen konnte. Noch nie hatte er die Schwarze bei ihrem richtigen Namen genannt. Und – so eigenartig es klingen mag – er erinnerte sich nicht einmal mehr daran, wann er ihr zum ersten Mal begegnet war. Wie aus dem Nichts war sie eines Tages aufgetaucht. Anfangs kam sie nur dann und wann, oft blieb sie nur kurz und verschwand wieder. Tom, Ingos bester Freund, war der Schwarzen zwar nie persönlich begegnet, doch er hatte bereits einiges über sie gehört. »Du wärst nicht der Erste, den sie zerstört«, hatte Tom ihn damals gewarnt. Er sagte, die Schwarze sei wie eine Spinne. Sie wartete geduldig, bis man sich in ihrem klebrigen Netz verfing, dann lähmte sie ihre Opfer, bis sie sich willenlos ergaben. Ingo hielt diese Dramatik für maßlos übertrieben und hatte die Worte seines Freundes belächelt. Schließlich war er ein erwachsener Mann, Mitte vierzig und beruflich erfolgreich. Ingo hatte zwar gerade eine schmerzhafte Scheidung hinter sich, aber er stand trotzdem mit beiden Beinen im Leben und konnte selber auf sich aufpassen. Zumindest hatte er das geglaubt …

»Warum habe ich dich in mein Leben gelassen? Warum?«, fragte Ingo verzweifelt, während er vor dem Waschbecken stand und mit tiefster Abscheu das Spiegelbild der Schwarzen betrachtete. »Wie konntest du mich so weit bringen, die Kontrolle über mein Leben zu verlieren?« In seiner Stimme lag abgrundtiefe Trauer. »Aber heute werde ich es schaffen. Heute werde ich stärker sein als du und mein Versprechen halten, das ich Tom gegeben habe.«

Die Schwarze lachte laut auf und sah ihn herablassend an.

»Du bist ein Verlierer. Du wirst es nicht schaffen, weder heute noch sonst irgendwann.«

»Doch, das werde ich.« Unsicher sah er sie an und schluckte schwer. »Und ich werde auch meiner Familie von dir erzählen. Ob es dir gefällt oder nicht. Ich kann die Fassade nicht länger aufrechterhalten und ihnen vorgaukeln, alles sei gut. Seit du in meinem Leben aufgetaucht bist, ist gar nichts mehr gut.«

»Geh ruhig zu deiner Familie«, erwidertes sie grinsend. »Sie werden dich auslachen, dich für einen Schwächling halten, weil du dich mit mir eingelassen hast. Willst du dir das wirklich antun? Sie werden sich von dir zurückziehen. Alle! Und weißt du warum? Weil sie nicht umgehen können mit dem, was du ihnen über mich erzählst. Es wird ihnen fremd sein, und was den Menschen fremd ist, macht ihnen Angst. Ich mache ihnen Angst! Du hast nur noch mich, wann begreifst du das?«

»Das ist nicht wahr«, schrie er und schüttelte heftig den Kopf. Schützend legte er die Hände auf seine Ohren und versuchte verzweifelt, ihren Worten keinen Glauben zu schenken. »Sie werden es verstehen, sie lieben mich, ihre Liebe wird mir helfen, wieder …«

»Einen Dreck wird dir ihre Liebe nützen!«, herrschte die Schwarze ihn an. »Was uns miteinander verbindet, ist stärker als ihre Liebe!«

Ingo schluckte schwer. Tränen brannten in seinen Augen. Ohne ein weiteres Wort verließ er das Bad und schleppte sich zurück ins Schlafzimmer.

»Ich halte mein Versprechen«, seufzte er erschöpft. »Ich werde zu ihm gehen. Heute werde ich es schaffen.« Er zog sich an und wiederholte dabei die Sätze immer wieder, als seien sie ein Mantra. Dann nahm er seine Autoschlüssel und ging. Die Schwarze blieb zurück und lächelte siegessicher; sie wusste es besser …

Mein aktuelles Buch

Buch   ISBN-13: 9783749436385
E-Book ISBN-13: 9783749489152